Du même auteur

Des mois, des années... 2018

1

Arc

Le *WanBao Seafood Fang* offrait ses plus belles lumières, ses poissons les plus frais, et sa plus belle vue. L'immense *Lao Dong Park* laissait échapper quelques feuilles, mais surtout des toits, des grues, et des kilomètres de béton vers le ciel. Par la fenêtre d'un des restaurants les plus chics de Dalian, les centaines de personnes profitant des derniers rayons du soleil pouvaient nous apercevoir. Ma mère, mon père et moi, étions attablés près du musicien de la salle quatre. Pensif, et sûrement un peu triste, mon père préférait admirer les lacs du parc. De son côté, ma mère tentait de faire de ce dernier repas un moment joyeux, riche et pleins de souvenirs, à l'image de mon enfance. Dalian est une des villes les plus agréables de Chine. J'ai toujours vécu ici, en plein centre, au milieu des voitures et des gratte-ciels. Mes parents ont pris soin de moi. J'ai eu le droit de faire le sport que je voulais, d'avoir les copains que je voulais, de choisir mon avenir… Cela paraît peut-être anodin, mais ça ne l'était pas. Depuis le début des années 2000, les enfants de ma ville peuvent trouver cela anodin. Mais pour un petit garçon de 1985, en Chine, avoir tous ces droits, c'est une chance incroyable.

Dix huit années plus tard, mes parents me laissent choisir mes études supérieures. La plupart de mes amis du lycée, pour ceux qui y sont allés, ont arrêté leurs études pour reprendre le petit commerce familial du coin de la rue. Moi, mes parents ne m'ont pas demandé de reprendre leur entreprise. Ils savent que je veux devenir un grand médecin, et qu'un employé de leur société sera le plus heureux des hommes s'il devenait le successeur. "Il est préférable que tu fasses ce qu'il te plaît, plutôt que tu te forces pour prendre la place de quelqu'un qui en meurt d'envie". Voilà ce que m'a dit mon père un jour, sans le français. Mon père ne parle pas un mot de français, il a toujours vécu ici, en Chine. Ma mère, elle, le parle lentement, peu, et mal. Mais elle ne le comprend pas très bien. De mon côté, j'ai appris la langue dans les livres et un peu à l'école. J'ai commencé à m'y intéresser très jeune, j'ai toujours sû que ce jour arriverait, alors, autant prendre de l'avance.

La villa que nous habitons m'a toujours parue bien trop grande pour la petite famille que nous étions. Pour communiquer, on pourrait presque s'écrire des lettres et se les envoyer, ou mieux, prendre la voiture. Le salon est la plus grande pièce. Le canapé pour s'y allonger à dix personnes, et la télé surdimensionnée, ne m'ont jamais trop impressionné, contrairement à tout ceux qui passaient le pas de ma porte. Non, moi, j'ai toujours été fasciné par le tableau accroché au mur, à côté de la cheminée, derrière le second canapé gris, en face du miroir ovale et suspendu à deux mètres de hauteur du sol. Mon attention lui est entièrement consacrée depuis que je suis gamin. Les arbres orangés, les bâtiments beiges (anciennement blanc), le ciel bleu éclatant et les quelques passants grossièrement dessinés au premier plan. C'est exactement ça que j'aimais. Lorsque j'eus atteint ma septième année d'existence, mon père m'éclaircit les idées et développa encore un peu plus l'amour que j'avais pour ce tableau. Il m'expliqua alors, que les arbres sont ceux des avenues menant à la place Charles de Gaulle, que le bâtiment beige est l'Arc de Triomphe, et les passants, certainement des touristes. Je me souviens qu'il avait ajouté aussi que le ciel bleu ne représentait pas du tout la réalité. Il m'avait d'ailleurs fait remarquer que les touristes paraissaient habillés chaudement. Ce fut un coup de foudre instantané entre la capitale française et moi. Paris, Paris, magnifique Paris. Depuis, je n'ai qu'un rêve, y aller. Visiter, de nuit, de jour, en été, en hiver, au printemps, seul ou accompagné, nu ou habillé de six gros pulls, ivre, malade, en vélo, au lieu d'être au travail, mourant, roux et même les yeux débridés s'il le fallait. Je les ferai toutes.

2
Adieu

Adieu papa, adieu maman, adieu Dalian, adieu mon tableau.

Même pas un petit chat à qui je pourrais dire adieu aussi. Il n'y avait vraiment pas grand chose qui pouvait me retenir ici. Ma vie n'est plus celle-ci, je le sais. On m'attend ailleurs. Je quitte le hall d'entrée et je me dirige vers les pistes de décollage. Mon avion part dans une heure mais je ne tenais plus en place, puis le nombre de places vendues est toujours supérieur au nombre de places disponibles, alors je ne prend pas de risque. Mon père paraissait abattu par mon départ, tandis que ma mère tentait de relativiser. Je leur ai promis de revenir, et de les inviter quand je serais bien installé.

Minuit, heure chinoise, je quitte un sol pollué pour aller vers un ciel pollué.

Quinze heures d'avion m'attendent, les quinzes plus belles heures de ma vie. La mère de famille ne pense qu'à son bébé qui hurle, le jeune garçon derrière, qu'à ses petites voitures bloquées dans sa valise, la grand-mère du siège voisin, qu'à sa famille qu'elle part retrouver. La plupart ici ne pensent qu'à dormir, à un probable accident, et moi, qu'à Paris. Mon sourire incontrôlable commence à paraître louche pour certains des passagers. Pourvu qu'ils ne me prennent pas pour un terroriste.

Neuf heures, heure française, je quitte un ciel un peu moins pollué pour un sol un peu moins pollué.

Le décalage horaire me sonne complètement. Je n'ai plus aucune notion, ni du temps, ni de l'endroit, ni de rien. Je me suis avancé sans trop savoir vers où, j'étais complètement livré à moi même dans cette grande ville si différente de chez moi. Je vous l'accorde, on retrouve toujours le béton, les parcs, les lacs, les restaurants, les villas, mais leur saveur est différente. J'ai trouvé un point de renseignement à la sortie de l'aéroport qui m'a guidé jusqu'à mon appartement.

Spacieux, blanc, très blanc, moderne et intelligemment construit. Je me sens tout de suite chez moi. Je crois que c'était le but, que n'importe qui s'y sente tout de suite chez lui. Le petit bijou dont je viens de prendre possession est entièrement financé par mes parents, folie. A peine ai-je posé mes tonnes d'affaires que je m'écroule sur le lit.

Le lendemain, après n'avoir pas dormi de la nuit à cause d'une sieste qui commence à dix heures et se finit à dix-huit heures, j'ai quand même décidé de descendre dans les rues de la ville. Le même bruit de foule permanente qu'à Dalian, les mêmes bouchons de voiture sur des kilomètres, les même clodos en bord de route. J'ai pris le V'lib pour mon premier déplacement, histoire de m'intégrer un peu. Il fallait que je me rende absolument aujourd'hui à la faculté de médecine, boulevard de l'hôpital. Il paraît qu'ici, la faculté où j'ai été accepté est une école extrêmement réputée. Je ne me souviens même plus du nom, j'ai juste l'adresse. En une vingtaine de petites minutes, j'avais traversé la Seine et j'étais arrivé devant l'immense bâtiment, de la même couleur que celui du tableau. Sur plusieurs étages, mais vide, le lourd bloc de béton m'accueille à bras ouverts, prônant fièrement son drapeau tricolore. Un sourire s'installe sur mes lèvres, je suis bien en France, je le sais un peu mieux. A l'intérieur, il y a beaucoup trop d'informations pour que mes yeux et ma curiosité arrivent à suivre. Je lève la tête, puis le sol les attire à son tour, mais les panneaux à gauche hurlent, alors mes yeux les écoutent, puis la droite, à nouveau en haut, en bas... On n'en finissait plus. Je ne sais plus comment je m'appelle. Une petite dame à l'entrée me fait décrocher de toute la décoration, et soudain, je me souviens de tout.

"Bonjour, que voulez vous ?"
- Mm.. oh, je viens pour mon inscription.
- Mais tous les dossiers sont clos monsieur.
- Je suis accepté ! J'ai rendez-vous, je voudrais voir celui qui m'a dit de venir."

Lorsqu'elle a osé parler de "dossiers" et de "clôture" dans la même phrase, j'ai cru devenir un explosif lancé à perte de vue, loin, loin. Et pour bien mettre le feu à tout l'ensemble, j'avais du mal à m'exprimer. La petite dame parlait bien vite, je ne comprenais pas tout de suite. Il me fallait du temps pour intégrer ce qu'elle me disait, et je voyais bien que cela l'agaçait. Je n'aimais pas beaucoup cette personne. Elle a respiré un grand coup, et on a enfin réussi à se comprendre.

"J'ai compris, ça y est. Alors quel est ton nom jeune homme ?
- Liang Zetian, je m'appelle Liang, mon prénom, et Zetian, c'est mon nom ensuite, de famille.
- Ah oui, je vous ai sur ma liste, vous êtes le garçon de Dalian. Montez à l'étage, le bureau 203 vous attend."

Est-ce qu'il y avait vraiment deux cent trois bureaux ici ? Quoi qu'il en soit, je suis monté accompagné par un grand monsieur tout mince, tout blanc comme mon appartement, et qui portait des chaussures trop grandes.

Effectivement, le bureau 203 m'attendait. Je suis resté à l'intérieur une bonne demie-heure. Les inscriptions finalisées et le poil bien brossé, je suis redescendu par un chemin sûrement un peu plus long. Une fois dehors, je n'attendais plus qu'une chose, continuer ma visite. Je suis un peu psycorigide sur les bords, je voudrais tout connaître de la capitale avant de commencer mon année scolaire, histoire de ne pas perdre de temps.

Vers quinze heures, je suis rentré pour m'habituer aussi à l'appartement. Un coup de fil rapide à mes parents pour les rassurer, et je me suis rendormi. Décidément !

Bonjour Paris, bonjour le chat, bonjour l'Arc de Triomphe, bonjour mon avenir.

3
Rentrée

Dixième jour de ma naissance parisienne, et premier de ma rentrée scolaire.

Je commençais à me faire à ma nouvelle vie. Contrairement à ce que j'avais pu imaginer avant d'y mettre les pieds, c'est très différent de ma vie d'avant. Je me sens libre, je sens que j'ai le droit de parler. Même si les gens n'ont pas trop le temps pour moi ici, je trace mon chemin et je m'en sors plutôt bien. Ma rentrée est aujourd'hui. J'ai un peu de pression qui forme un cercle continu autour de mon coeur et qui descend jusque dans mon ventre, mais j'essaye de rester calme.

Le grand bâtiment est cette fois-ci plein à craquer. Des gens sortent, d'autres entrent, ils discutent, se sourient, se chamaillent, s'ignorent, mais tous sont là pour quelqu'un. Moi je suis seul, mais je sais pourquoi je suis là, après tout ce temps à en rêver. Je pose mon vélo, et je m'avance lentement vers l'entrée. Mon premier cours aura lieu dans une heure, mais on m'a dit qu'il fallait être en avance pour pouvoir s'installer. La salle est immense, des mètres de bancs à peine espacés s'étendent à perte de vue. On entre par le haut, le tableau me paraît si loin. Je me dépêche d'avancer mais je me fais un peu bousculer de tous les côtés. Je suis placé en plein milieu de la salle. Devant, derrière, sur les côtés, il y a du monde partout. Drôle d'univers. Le cours était intense mais intéressant. Dès que je suis sorti, j'ai pu respirer à nouveau. Personne ne m'a parlé, ni même adressé un regard.

Seul, mais finalement assez heureux, je suis retourné chez moi pour travailler ce premier cours.

Les jours passent. Quelques habitudes s'installent, et je me sens de plus en plus à ma place. Je n'ai pas encore d'amis mais je me dis que je pourrais aussi faire sans. Et le pire, c'est que j'essaye de m'en convaincre. Ce matin, un garçon de la fac s'est installé à côté de moi. Il me souriait. Je ne comprenais pas trop, mais je ne m'en plaignais pas. En relevant sa mèche et ses cheveux blonds comme de l'or il a commencé à me parler, mais je n'ai rien compris.

" Je me suis renseigné, la promo sera divisée dans des groupes plus tard, pour les travaux dirigés. Mais les cours comme aujourd'hui sont tout le temps comme ça. T'es arrivé tôt cette fois !"

Incompréhension. Il me parlait comme si on se connaissait, pire, comme si on avait déjà eu cette discussion, et qu'il la continuait. Comme je n'ai pas eu le temps de réagir vraiment, il a repris :

" Je ne t'ai même pas demandé ton prénom hier ! Moi c'est Valentin.
- Enchanté, d'accord, mais je pense que vous faites erreur, parce que je n'ai parlé avec personne hier. Je ne comprend rien."

Le type, enfin Valentin, a ri, puis s'est arrêté lorsqu'il a vu que je ne plaisantais pas. Bon, dommage, pour une fois que quelqu'un me parlait... Il m'a regardé longuement, il a plissé les yeux. Au début j'ai cru qu'il se moquait de moi, mais en fait non. Les français font ça quand ils ne comprennent rien. Il paraissait convaincu que je sois son ami. Il a quand même fini de sortir ses affaires de son sac, puis il s'est excusé de m'avoir pris pour quelqu'un d'autre. Finalement, au fil du cours, nous avons discuté. Valentin était gentil, marrant, sérieux, un peu difficile à suivre parfois mais j'y arriverais. Avant de partir, il a ajouté :

" T'as un sosie ici, c'est sûr ! J'étais persuadé que c'était toi, mais non, car celui d'hier n'avait pas d'accent, je m'en serais souvenu."

Les jours suivants, les trois quarts de mon temps se résumaient à bosser, le reste à manger et à dormir. Un soir, je me suis accordé une petite pause pour aller boire un verre avec Valentin et une fille qu'il connaissait. Elle était dans la même promo que nous. C'était le genre de soirée que je ne faisais jamais à Dalian. On ne sortait pas, on travaillait, on n'avait pas d'amis, on se construisait un réseau pour plus tard, entre aisés. Seuls quelques potes de mon quartier ou des fils de collègues de mon père acceptaient les soirées d'été, dans un grand parc voisin. Valentin et son amie avaient l'air de bien connaître les lieux, de bien connaître l'ambiance de ces soirées, la sensation d'apaisement que cela procurait. Ils avaient l'air d'en savoir un bon rayon sur l'amitié aussi. Je les enviais.

Fin de la soirée. J'ai vaguement réalisé que j'étais en médecine dans une école très prestigieuse, qu'il était déjà tard, et que je devais rentrer tout de suite pour tenir le coup le lendemain. C'est pour cela que je me suis égaré vers l'Arc de Triomphe. Mon bel ami. Enfin je te vois, tu scintilles, tu occupes toute la place et les regards des passants chaudement habillés. Comme sur le tableau. J'étais rassuré de constater qu'on ne m'avait pas menti tout ce temps, que mon tableau me disait toujours la vérité.

Le réveil fut brutal. Lundi, pluie, épi. Rien n'allait, mais je devais aller en cours, bien qu'une tonne de fausses excuses pour ne pas y aller me soient passées par la tête.

Dans le hall, je marche les yeux rivés sur mes pompes, ça ne m'empêche pas d'imaginer très clairement que ça doit bien se foutre de moi là-haut. J'arrive à la fin du hall, je relève la tête. Je me bloque d'un seul coup dos au mur, comme un espion, à l'abri de tous. Je respire un bon coup. Ne panique pas mec, ne panique pas.

" Bouh ! "

Je sursaute et hurle une note bien trop aiguë pour un lundi, pluie, épi. La grande brune qui se tient devant moi ne s'arrête plus de pouffer de rire. Je ne comprend rien, les gens sont vraiment étranges ici. Quelle genre de folle vient faire peur au plus grand des inconnu, à huit heures, même pas ? Et si j'avais eu des problèmes cardiaques ? Et si j'avais la phobie des grandes brunes ? L'humour parisien laissait à désirer…

"Tu aurais vu ta tête ! J'en peux plus, c'est gravé dans ma mémoire à vie. Merci de me faire débuter la journée comme ça !" s'exclama t-elle beaucoup trop fort.

J'ai rien eu le temps de dire, à croire qu'ici les gens veulent me parler, mais pas me laisser répondre. Elle m'a pris par le cou et m'a emmené dans les escaliers, on montait. Elle rigolait encore et n'arrêtait pas de me répéter la scène, histoire que je réalise bien la gueule que j'avais pu tirer. J'étais abasourdi, mais je montais les marches machinalement. La caméra cachée continuait :

"Ahhh Dimitri ! Oula, t'as mal dormi ? Tu as raison, continues de faire la fête, ça nous laisse plus de chance pour avoir notre année !"

Un petit premier de la classe dans la plus grande école de Paris venait de dire à Dimitri de faire la fête, a explosé de rire avec sa copine la grande brune qui me tenait par le cou, et tout ça en me regardant. J'ai simulé une envie pressante pour que ces deux parasites me lâchent la grappe :

"Je reviens, je dois aller aux toilettes.
 - Ah parce que tu as la gueule de bois en plus ?
   T'as raison, va vomir ! Tu pars bien mon Dimi !"

Alors Dimitri, qui que tu sois, désolé de la réputation que je venais de te faire, à mon insus. Toilettes de l'étage quatre, sept heures quarante, à l'abri des deux tarés. Fou, étrange, inexplicable.

4
Clone

Deux semaines avant les premières colles. J'avais envie de dire que j'étais à jour dans mes révisions, mais est-ce qu'un élève en première année de médecine à la Sorbonne pouvait vraiment dire qu'il était à jour dans ses révisions ? Non. Alors j'ai encore passé ma journée à travailler, et retravailler entre mes cours. Et pourtant je n'étais pas plus prêt après. Il me fallait des manuels en plus, alors j'ai trouvé une bibliothèque pas trop loin de ma faculté, où on trouve de tout. Dans une des allées, je suis tombé sur Valentin et un autre garçon. Je m'avance pour les saluer, mais dès que j'ouvre la bouche, les deux jeunes hommes se retournent d'une traite. Mes yeux se sont écarquillés en même temps que les leurs. Ou plutôt, presque sorti de leurs orbites. Incalculable, surprenant, fantasmagorique ! Devant moi, là, au milieu de l'allée "manuels scientifiques et d'anatomie", Valentin, moi, et moi. J'ai regardé mes mains, pour être bien sûr que je n'avais pas disparu. J'en ai conclu que c'était un double, ou une sorte de clone. On avait tous les trois le souffle coupé.

" Mais… Je… Qui t'es toi ? Et toi ? Je suis avec qui depuis ce matin ? se mit à hurler Valentin."

Il ne gérait plus rien du tout, il devenait pâle et je voyais bien qu'il voulait fuir.

" Avec moi, Dimitri ! C'est moi mon pote !" rétorqua mon clone pour prendre sa défense.

D'un seul coup, je comprenais mieux tout ces gens qui venaient me parler sans que je ne les connaisse. Notamment les deux tarés de l'autre jour.

" Moi c'est Liang. On est sorti l'autre soir avec ton amie !
  - Oh waw, alors… Je savais que vous vous ressembliez, d'ailleurs je ne savais jamais à qui je parlais… Mais là ! De vous avoir tous les deux, côte à côte, devant moi ! J'en tomberais presque dans les pommes."

Il faudrait beaucoup de pommes car je ne suis pas loin de le rejoindre. C'est complètement fou. Dimitri a juste prit la fuite d'un pas si rapide qu'il aurait pu gagner la course de marche rapide, s'il y en avait une. Je pense que le moindre signe de rationalité n'a pas réussi à faire surface. C'était trop. Trop quoi je ne sais pas, peut-être trop tordu, trop film d'horreur, trop pareil, trop soudain, mais c'était trop.

Les jours suivants, j'avais essayé de me concentrer sur les cours, mais parfois mon esprit divaguait à Dimitri. On a tous un sosie sur terre il parait, mais j'avoue que je ne pensais jamais le rencontrer un jour. Puis là, ce n'est même plus un sosie, c'est un clone. C'est complètement dingue. Ce n'était pas grave en soit, l'école était tellement grande que je ne le verrais pas si souvent, mais c'était perturbant quand même.
Le matin, avant d'aller en cours, j'hésitais toujours à mettre une étiquette avec mon prénom, collée sur mon front. J'avais une chance sur quarante de tomber sur quelqu'un qui voulait vraiment me parler, à moi, Liang. Les gens venaient pour Dimitri, je n'écoutais même plus ce que l'on me disait. Ma seule chance, c'était Valentin. Les cours devenaient de plus en plus difficiles à suivre, à apprendre, à comprendre on en parle même pas, mais pas à aimer. J'aimais vraiment tout ce que je lisais, c'était rassurant. Mais j'étais épuisé, mes yeux étaient tellement lourds qu'ils se fermaient un peu parfois, mais mon cerveau les forçait à s'ouvrir tout de suite. Mon appartement était devenu un gigantesque bureau, labo, local de recherche, presque même un asile. Je devenais fou. Je pleurais, je mangeais parfois, j'hurlais, je sautais de joie quand je retenais une formule. Rythme intense,

moins plaisant que difficile mais supportable. Et ça, c'était le plus important. Il fallait que je reste fort, et que je continu d'apprendre. C'était une obligation, pour mes parents. Après toute la peine que je leur avais fait en quittant Dalian, la seule récompense qu'ils pourraient avoir serait de me voir en blouse blanche dans quelques années. C'est bien tout ce qui me fait tenir. En médecine, ici, à Paris, juste aimer ce qu'on apprenait ne faisait tenir personne, il fallait s'accrocher à quelqu'un ou à quelque chose.

A l'école, je croisais Dimitri des centaines de fois. A chaque fois, il devenait pâle, il perdait tous ses moyens et se mettait presque à courir. Le temps que je l'aperçoive, il était déjà planqué quelque part. Je savais qu'il avait peur, cela se voyait. Il était comme une petite bombe qui explosait littéralement à chaque fois que je passais.

Ce matin là, j'arrive à l'école en bus car le froid est venu s'installer dans toute la capitale, ne laissant aucun rayon de soleil bienveillant passer à travers les immeubles. Les visages sont à peine visibles, entre les écharpes et les bonnets. Quelques paires d'yeux dépassaient par ci, par là. Je m'installe au beau milieu de la grande bibliothèque universitaire de la Sorbonne. Mes doigts se réchauffent un peu plus à chaque fois que je tape sur les touches du clavier de mon *MacBook*.

Au loin, je vois Dimitri qui se lève de sa chaise pour aller chercher un livre dans l'une des allées. Je décide de me lancer, pour comprendre un peu mieux. Je m'avance lentement dans l'allée des livres sur la biologie cellulaire. Je laisse dépasser ma tête des étagères, je le vois. Il est accroupi devant les lignées de livres, la tête penchée comme la tour de Pise pour regarder les titres. Je m'approche, je suis maintenant juste derrière lui. Il ne m'a pas vu, ni senti. Bon signe ?

"Salut !"

Il lève la tête, et se redresse en une seconde et demie. Il reste planté devant moi.

"Dimitri, c'est ça ?"

Il ne répond toujours pas. C'est super gênant. On aurait dit qu'il venait de voir la Vénus de Milo, Jacqui Chan ou Sacha dans *Pokémon*, suivant ce dont il est fan. Bon, je décide de reprendre, tant qu'il n'a pas encore prit la fuite.

"Je m'appelle Liang. Je viens de Dalian, une grande ville de Chine, et toi ? Je suis arrivé à Paris pour étudier ici, et pour voir l'Arc de Triomphe. C'était mon rêve. Je suis un ami de Valentin, toi aussi je crois. Ah au fait, un certain Julien te dit de venir vendredi soir chez Camille, et... Martin et Coline ne veulent plus participer au cadeau de

S. Ah oui, et aussi, j'allais oublier, mais... Sarah voudrait aller voir les indestructibles avec toi dans la semaine, ça te dis ? Nan parce que... Si ça te dit, tu devrais lui répondre. C'est tout ce que les gens sont venus me dire ces derniers temps en pensant s'adresser à toi."

Le trait de visage en dessous de son oeil droit vient de bouger. J'en suis persuadé. Je suis rassuré, il n'est pas mort debout, les yeux ouverts. Heureusement que je l'ai entendu parler une fois, sinon j'aurais cru qu'il était muet. Bon, c'était un début mais, il est parti. Comme ça, comme si il n'y avait eu aucun échange entre nous. Il a tourné les talons de manière robotique et puis il a passé sa jambe gauche devant, puis la droite, puis la gauche etc. Il a continuer comme ça jusqu'à sa table. Bref, il était parti quoi. Mauvais signe.

5
Cache-cache

Mon clone devait connaître tous mes horaires, et toutes mes habitudes puisque je ne le croisais jamais. Il se planquait super bien. Depuis quelques jours, je m'amusais à prendre des chemins différents, à arriver à des heures inhabituelles juste pour le perturber. J'aimerais bien le recroiser. Je n'arrive même plus à imaginer son visage, c'est toujours le mien qui apparaît. Pourtant, je sais que ce n'est pas moi. C'est vrai que la ressemblance reste frappante mais j'avais remarqué que mon doublon avait un petit grain de beauté sur le haut de sa tempe gauche, à peine visible. Il avait aussi les yeux un peu plus rapprochés que les miens. Dernière différence, il s'appelle Dimitri. J'aimerais bien qu'on se parle, qu'on discute de la Chine, savoir de quelle ville il est originaire, ce que font ses parents là-bas, tout.

Dans l'après-midi, j'ai failli crever sur ma feuille à cause d'une surchauffe au niveau du cerveau. J'ai cru que j'allais devenir complètement fou, j'avais des envies un peu étranges qui se rapprochaient fortement de l'assassinat. Pour me calmer, j'ai monté les étages de la fac pendant dix ou quinze bonnes minutes, je faisais des tours et des tours. Je me suis enfin arrêté, dans la salle de repos de l'étage sept. Café sans sucre, sachet de bonbons qui piquent, et cinquante centilitres d'eau. J'étais enfin un peu plus raisonnable. Et là, bam, claque dans l'épaule. J'ai été sorti de ma folie cauchemardesque en un tiers de seconde. J'ai bien cru y replonger dans le même temps, quand je me suis aperçu qu'il s'agissait de Dimitri. Le retour du fantôme. Il s'est assis sur la chaise en face de moi. Cette fois, c'était mon tour de rester bouche bée, comme un con. Il a rapproché ses mains jusqu'à former une boule de doigts enlacés. Chacun de ses doigts a trouvé la place absolument faite pour lui, nécessairement faite pour lui je dirais même. Il m'a fixé dans les yeux. J'ai cru un court instant que j'avais vraiment tué quelqu'un et que j'étais en plein interrogatoire.

" Tu m'as dit que c'était quoi déjà ton nom ?"

C'était ses premiers mots, j'étais tellement heureux, on aurait dit un père avec son bébé. Il m'a tapé sur l'épaule, il m'a regardé, et voilà qu'il me parle. Surréaliste, impensable, dingue.

"Euh, Liang. Pourquoi ?

- Liang ? Bon, alors toutes mes recherches tombent à l'eau, et là, je suis à court d'idée…"

Dimitri a baissé la tête, on aurait dit un chien qui n'avait pas eu de cadeau sous le sapin. Il avait l'air vraiment dépité, et moi, complètement dépassé. J'ai mis bien trop de temps à redescendre sur terre, même mon vol jusqu'ici avait été moins long. Il a séparé ses doigts. D'un coup brusque, il s'est levé de sa chaise. Tout à coup cet échec ne lui paraissait plus si grave. Il en avait clairement plus rien à faire. Girouette. Merci Liang pour avoir réagit qu'à l'instant où il avait tourné les talons. Avec la même brutalité, je me suis levé pour lui courir après. C'était bien la première fois que je me retrouvais à courir après un garçon.

"Eh ! De quoi tu parles ? On peut discuter non ?"

J'ai presque crié, je ne sais pas pourquoi. J'étais nerveux, un peu perturbé, encore fraîchement ailleurs, enfin, un mélange qui n'a pas produit que du bon. Il m'a regardé avec les deux yeux tournés à cent quatre-vingt degrés, bouche fermée, sourcils baissés, genre… "je fais cette tête pour te montrer que tu viens de crier, pour finalement pas grand chose puisque je suis à côté, en réalité, à quelques centimètres de toi, alors je ferme la bouche, très fort. Et je plie les sourcils."

Je suis sûr qu'il a voulu dire tout cela, mais toujours est-il qu'il n'a su prononcer que : "Ok". J'étais super heureux, il avait dit "ok" ! Et là, j'ai commencé à douter. Est-ce que les français utilisent "ok" aussi pour dire non ? Ce serait idiot... Trop de films.

Cet instant aurait pu être un épisode de la série *Bref.* Nous nous sommes assis de nouveau, plus calmement. Le temps s'est suspendu un instant, le temps nécessaire pour que chacun reprenne ses esprits. Bref, tout est allé si vite.

Cet après-midi là, Dimitri et moi avons parlé un long moment. Finalement, on avait trouvé notre terrain d'entente. On s'est d'abord mis d'accord sur le fait que la situation nous dépassait, qu'elle n'avait rien de normal mais dans le fond, qu'elle était plutôt amusante. Amusante, mais flippante. Le fantôme est démasqué. Dimitri Liping est le parfait mélange d'une mère française et d'un père chinois, mais qui vit en France depuis l'âge de trois ans. Fils unique, d'une famille riche, pianiste à ses heures perdues... Son visage avait beau être un copié collé du mien, en ce qui concerne sa vie, elle était loin d'être la mienne. Grand et beau brun, sportif, artiste, engagé dans la lutte pour les animaux, majeur, déjà conducteur, plus sobre que ivre et acharné de médecine. Oui, on est bien loin du petit chinois de Dalian qui tente d'échapper au commerce de son père et qui rêve de Paris dans sa villa le soir. Paris, Dimitri et ses parents y ont toujours vécu, l'Arc de Triomphe, il ne le regarde plus, et la Sorbonne, une évidence ! On s'entendait plutôt bien, le feeling est passé tout de suite, logiquement. Paradoxalement, tout nous différenciait.

Notre échange s'est poursuivi dans les jours suivants, par messages, sur les réseaux sociaux, on se parlait régulièrement. C'était devenu un très bon ami. Dimitri me parlait souvent de sa famille. Il était très proche de ses parents, mais regrettait souvent d'être fils unique. Nos discussions me rappelaient la Chine, mes parents, mes amis. Ils me manquaient. Dalian aussi me manquait, sa grandeur, ses fleurs, son lac… Quand j'y suis je me plains mais quand je pars, elle me manque.

Gérer mon temps, mes cours, ma (petite) vie privée, mon appart' et tout ce que la vie nous oblige à gérer, devenait de plus en plus compliqué. J'arrivais à peine à dormir plus de sept heures par nuit, à manger dans les temps. On formait une grande et détestable secte de deux milles trois cent cinquante huit étudiants exactement. Je n'étais pas encore à bout mais je n'en étais pas loin. Au sommet, je planterais bientôt le drapeau, ou je tomberais, je ne sais pas encore.

" Allô ?! Chéri !!

- Maman, comment tu va ?
- 我的小男孩 (1), bien bien, mais que fais-tu ! 我的天啊 (2), tu ne me réponds plus !
- Je sais, mes excuses 妈妈 (3), je n'ai pas beaucoup de temps ! Je travaille dur toute la journée, tu sais !
- Ne te tue pas mon fils ! 警告 ! (4)… Tes études se passent mal ? Tu aurais dû rester au magasin de ton père !
- J'adore mes études, je m'en sors très bien, 别担心 (5) Maman.
- Je te fais confiance mon fils. Reposes toi, manges comme il faut et prends des douches, je déteste quand tu as mauvaise mine ! Rappelle moi vite mon Liang, 很快见到你 (6) , 我爱你 (7)."

(1) Mon petit garçon (2) Mon dieu (3) Maman (4) Prudence ! (5) Ne t'en fais pas (6) A bientôt (7) Je t'aime (8)

Ma mère ne manquait pas une occasion pour me rappeler mon départ. Je ne lui en veut pas, elle a peur et c'est normal. Je me dois de réussir mes études. Je n'ose même pas imaginer la déception dans les yeux de mes parents si j'échoue. Ils m'ont presque autorisé à quitter Dalian, à condition que je réussisse. Ils me font une confiance aveugle, entière, fascinante. Ce soir je craque, marche arrière, dégringolade, adieu Liang. J'ai pleuré, énormément. Je ne sais pas si c'est mal, si c'est signe de faiblesse, si c'est un premier pas vers le chemin de l'échec. Je n'avais plus de souffle, je me suis écroulé de fatigue.

6
Famille

Proches, confidentiels, intimes, complices, familiers, semblables, on dirait fusionels ici je pense. Je ne trouvais plus les mots pour décrire notre relation. On se comprenait sur tout. On passait nos journées à bosser seuls, mais tous les deux. Ensemble, toujours en même temps, toujours aussi proprement. Dimitri était un fou de l'apprentissage. J'apprenais de son expérience et de sa personnalité, mais je crois qu'au fond il apprenait de la mienne. Pour d'autres choses, certes, mais au final, on s'équilibre. Comme des poids, au milligramme près, identiques, et on attendait seulement le bon moment pour se compléter. Le hasard fait très bien les choses. Mais le hasard est-il un ami ou un ennemi ? Je me demande si on peut lui faire confiance, je n'y ai jamais vraiment cru. Le coup de foudre, les bons plans, les bonnes surprises, les retrouvailles sur le quai de la gare, j'y crois pas. C'est des conneries, des remèdes pour les dépressifs à la destinée pourrie. Mais en réalité, seule la destinée est source de vérité. Tout est écrit, tout se sait et tout est programmé. Nous sommes les spectateurs de nos propres vies, préalablement rédigées. Ne me demandez pas par qui, je ne sais pas. En tout cas, Dimitri et moi ce n'était pas le hasard. C'était prévu, c'était nécessaire, et inévitable. Plus qu'un ami c'était comme un frère. On avait réussi à s'apprivoiser, il était mon parapluie les jours de pluie, il était mes bottes dans la boue, il était mes gants dans la neige, ma casquette au soleil, ma cravate au grand bal et mon Arc de Triomphe à Paris.

J'avais clairement pris mes marques ici, je connaissais les coins et j'avais même commencé à repérer les bons endroits, les raccourcis, les lieux cachés etc. Je m'étais aussi plutôt bien habitué aux parisiens, finalement ils ne sont pas aussi inaccessibles que mon père le disait. Depuis la fois précédente, je m'efforçais de passer des coups de fil hebdomadaires à ma famille. Ils me font du bien, une vraie ressource. Toutes mes ressources avaient été coupé en partant de Dalian. J'avais dû arpenter les rues et les gens afin de m'en créer d'autres, en dépannage ou bien, à la place, qui sait. Mes parents en était une, la Sorbonne une autre, le petit restaurant asiatique en était une également importante, et enfin, Dimitri était ma plus grosse ressource. De bonheur, de croyance, de réussite, de force, de pleins de choses vitales, dont je n'avais pas réalisé le manque avant.

" Tu penseras à téléphoner à ta mère ce soir, elle va t'attendre et c'est important !

- Oui je sais, je le ferais après l'anat, et juste avant la biophy.
- J'y veillerais !
- C'est l'anniversaire de mon ami Kuang dans deux petits jours.
- Il aura quel âge ?
- Vingt, tout rond, c'est beau.
- C'est vrai. Et tes parents, que font-ils ? C'est comment là-bas ?
- Mes parents, ils sont tous les deux chinois et heureux de l'être. Ma mère s'appelle Tai, elle tisse et s'occupe de ma voisine Mei. Elle a neuf ans, et ses parents sont de jeunes étudiants qui n'ont que cette chance pour réussir, alors ma mère accepte de les aider maintenant que je ne suis plus là. Pendant ce temps, mon père Jay est à la boutique, du matin au soir, sans relâche. Ils bossent tous dur, et chacun attend beaucoup des autres. Ils ne savent pas vraiment comment ça se passe ici, je ne préfère pas les affoler. De toute façon, je ne peux pas échouer. "

Dimitri s'est assis, il me fixait toujours. Il avait la bouche un peu entrouverte, comme si j'avais fait tomber un voile de mon visage, auquel il ne s'attendait pas. Révélation. Il m'a avoué n'avoir jamais imaginé cela de moi et de ma vie à Dalian. Il en était presque à s'excuser de notre pauvre vie, alors j'ai repris, pour éviter tout malentendu. D'autant plus que je déteste qu'on me plaigne.

" Rassures toi je n'ai jamais manqué de rien. On s'en sort plutôt bien, notre vie est assez bourgeoise. Dalian est une magnifique ville et les habitants sont loin d'être pauvres et malheureux crois moi, on s'en sort avec briot. Je t'y emmènerais si tu veux, quand on aura notre année, on ira se baigner dans la mer Jaune. A cette saison tu ne survivrais pas, mais les étés sont chauds et humides, ce sera parfait !
-   Carrément oui, je suis d'accord pour quelques jours de vacances chez toi, ce serait super Liang, merci."

Il avait changé de ton. Peut-être ne me voyait-il plus de la même manière. J'espérais que non mais je craignais que oui. On était les pauvres de Dalian, mais les habitants de Dalian ne sont jamais pauvres ! Les plus démunis sont à Pékin, la capitale. Ils sont expulsés, ils sont obligés de fuir leur ville pour affronter la pauvreté. Ce sont des paysans, des livreurs, ou des maçons chinois, de génération en génération. J'imagine que la France connaît ce problème, c'est partout pareil. Alors s'il te plait Dim, arrête donc de me regarder de la sorte.

Les partiels approchent à vue d'oeil. Dans deux jours, on débute, et dans quatre, on finit. En clair, dans deux jours, on se saoul aux vitamines et au café, et dans quatre, à l'alcool. En attendant, on relit, on continue d'apprendre, car on n'aura jamais assez de temps pour tout apprendre, c'est le principe de la médecine. La sélection se fait suivant cette idée. C'est pas ceux qui savent tout qui seront sélectionnés, c'est ceux qui auront appris et retenu le plus, mais on en retient jamais l'intégralité. D'ailleurs, pour contrer l'éventuel malade mental qui aurait tout appris, le temps des épreuves ne lui permettra jamais de tout plaquer sur le papier. Le mental… testé, torturé, poignardé, blessé, jamais épargné. Je resterais fort.

Jour un. J'ai tout oublié. Je ne sais plus faire la différence entre le cou et la jambe, entre le coeur et le poumon. Panique, bêtise. J'entre, je cherche sur toutes les fiches placardées au mur quelque chose qui pourrait ressembler à mon nom. Je ne me doutais pas qu'autant de gens avait un nom de famille commençant par "Z" en France. Trois fiches entières les rassemblent. C'était la première épreuve. Enfin, je me vois, je pousse, je suis obligé. Les gens transpirent déjà. J'approche… Mille neuf cent cinquante sept. Goutte de sueur. J'ai eu une demie seconde pour le voir, et je me suis fait tirer de là. J'essaye de chercher Dimitri mais c'est impossible. Les gens grouillent, ça me donne un mal de tête horrible. Je regarde une photo de ma famille que j'ai prise dans ma poche, elle m'aide à me recentrer et ne penser qu'à l'essentiel, réussir. Allez, on y va. Je ne regarde plus le monde autour de moi, j'avance, je sais où je vais. C'est immense, grandiose, presque flippant. J'entre dans une pièce par le haut. Des tables, des tables, des tables. Wow. C'est impressionnant. Chaque petite surface plane en bois est alignée avec celle de devant, de derrière, et d'à côté. Autant de perfection et d'organisation, cela renforce l'idée de secte que je me faisais de cet endroit. Mais je m'y sentais pas si mal. J'avance, à la recherche de ma table, la seule dans toute cette immense salle qui m'attend. C'est chacun pour soi. Heureusement que nos tables nous apportent un peu de solidarité. Trouvé ! Pas si compliqué…

Je m'installe, je sors mes affaires et le monde commence à se taire et s'installer. On peut enfin apercevoir le bout de la salle, à des kilomètres. Silence complet, calme plat.

7
生日快乐

"Heyyy, joyeux anniversaire !"

Lundi matin, Valentin saute à la première heure sur Dimitri au fond du couloir. C'est son anniversaire. 9 janvier 2004, Dimitri prend un an de plus. On se voilait la face mais ce n'était plus possible. Trop de choses nous rapprochaient, je devais tirer les choses au clair.

" 生日快乐 Dim.
- Merci Liang, joyeux anniversaire, c'est ça ? Tu m'en apprend tous les jours.
- Bien vu, quel âge ça te fait ?
- Dix-neuf, à quinze heure exactement.
- Evidemment.."

Il n'a pas posé de question, il a compris. Lui aussi se voilait la face mais ce n'était plus possible. Le lendemain, j'ai dix-neuf ans. A un jour près, j'étais du même jour que mon meilleur ami, qui avait les même traits que moi. Deux visages quasiment identiques pour nous, identiques pour les autres. Je suis sûr que si je vais chez lui ce soir, ses parents ne se rendront compte de rien. Depuis septembre on fait confiance au hasard, pour une fois. Mais j'ai peur qu'il ne me déçoive encore. Mais comment pouvait-il y avoir un lien entre un jeune né en France, avec des parents français, et un autre gamin, de l'autre bout de la Terre. Joyeux anniversaire Dim, c'est de là que tout est parti.

Dimitri m'a conduit dans un cabanon dans son jardin, bien au fond. C'était grand. Il m'a dit que personne ne venait jamais ici. Il est rentré manger à quelques mètre de moi, dans sa grande maison, et je suis resté dans la vieille maisonnette en bois. J'avais acheté une grande carte du monde que j'ai installé dans le fond du cabanon, des chaises, des sodas, des punaises. J'irais chercher une lampe demain, on y voyait pas grand chose. J'avais installé sur le mur gauche un immense tableau à feutre afin d'écrire toutes les informations sur Dimitri et moi. Il fallait qu'on trouve à quel moment on avait pu être lié. Les trous dans le bois laissent passer quelques rayons de lumières. Il fait très froid, je vais rentrer. Je voulais appeler ma mère, ou plutôt, l'interroger.

Chez moi, j'ai ressorti les albums, j'ai préparé la lampes, les feutres, les plaids. Tout serait prêt pour emmener demain. J'avais beaucoup de photos avec mes parents. Partout où on allait, ma mère voulait marquer le coup. Elle avait indiqué notre localisation au dos de chacune. Dalian, le parc Bingyugou, nos vacances en 1997 à Dashan Island, les fêtes de famille chez ma tante Na, à Haimaodao... Toutes les photos montraient la Chine, autour de Dalian. Comment aurais-je pu un jour, ne serait-ce que croiser Dimitri ?

"Allô maman ?

- Alors mon fils, tes partiels ?
- Très durs, mais pas si mauvais je pense, enfin j'espère.
- Bien, c'est le plus important. Ne te perds pas en chemin.
- Oui. Dis moi maman, vous êtes déjà venu en France avec papa ?
- Non mon Liang, malheureusement.
- Nous ne sommes pas partis à l'étranger ?
- Et comment veux-tu ? Enfin, mon garçon, ton père ne pouvait pas partir, puis tu es arrivé. Nous avons quitté la terre ferme une fois, si, pour aller sur l'île de Dashan, tu ne te souviens pas ?
- Si maman, je m'en souviens, c'était super !"

Ma mère parlait un peu mieux le français, même si je sais qu'elle utilisait en même temps des sites de traduction pour me parler. Mes parents n'avaient jamais bougé de la Chine. Première possibilité, les parents de Dimitri sont venus en Chine, ou bien, autre option, nous n'avons aucun lien, et je crois au hasard, à tout jamais.

Le lendemain matin, je n'avais pas cours. On était en semaine de vacances après la première session de partiels. Dès sept heures, j'étais à la cabane. Dimitri m'y a rejoint tout de suite. Il était impressionné par mon installation, mais déçu de mes recherches d'hier. Il avait apporté ses photos aussi. C'était incroyable, son visage était identique au mien, et ce depuis son plus jeune âge. Il fallait qu'on trouve, il y avait forcément une explication. La similitude physique d'une part, mais on s'entendait si bien, on se comprenait sans parler. C'était impossible que ce soit du pur hasard. Dimitri écrit sur la partie gauche du tableau, nom, âge, photo, tout ce qui concerne ses parents. Eliane Liping, cinquante et un ans, très proche de Dimitri Liping, son fils, protectrice, et exigeante avec ce dernier. Elle est avocate à Paris et ne cherche que le meilleur pour son fils unique. Son père, Andy Liping, est un peu plus âgé. Il est un médecin reconnu de cinquante sept ans, proche de Dimitri également, mais beaucoup plus cool avec lui. Silencieux, sage, patient, un parfait médecin et un excellent père. Des amis, de la famille dans le coin, mais pas de trace de "Zetian" chez les Liping.

Cela faisait des jours qu'on analysait toutes les personnes de nos familles. Enfin, surtout celle de Dimitri, car la mienne était très limitée. Pas de cousins, pas de tantes, de tontons, de parrain ou de nounou. Les recherches du côté de Dimitri ont été longues, mais peu concluantes.

Huits heures du soir, Eliane appelait sur le Nokia 1100 de Dim. Elle le cherchait, ils allaient passer à table.

"Vient manger avec moi.

- Quoi ? t'es malade, on va les faire flipper.
- Ils vont flipper s'ils savent quelque chose, sinon, ils vont être seulement perturbés, mais c'est tout. Je sais ! J'envoie un message à ma mère pour lui dire que j'arrive avec un ami, elle accepte, elle te met un couvert. On arrive à Huits heures trente, pile, ils seront installés à table. J'entre, tu me suis, ils nous voient et la BAM, regarde bien leurs visages. A tout les deux. C'est important, tout va se jouer dans les premières secondes. Parce qu'ils ne pourront pas mentir."

Je n'étais pas du tout confiant pour ce plan. En fait, j'avais peur. J'étais sûr que quelque chose se tramait, et je voulais le découvrir, mais au fond, je ne voulais pas que nos vies changent. Je redoutais leur réaction, celle de mes parents, mais celle qui me faisait le plus peur, c'était la nôtre. Je ne sais pas ce qui nous attend. Un clone ? Un résultat scientifique fou d'une expérience folle

? Ou bien le résultat d'une tromperie ? Un frère ? Une âme soeur ? Une réincarnation de mon miroir cassé ?

Je sors de la cabane pour réfléchir, je ne sais pas quoi faire, j'hésite. Dim est à l'intérieur. Son père m'aperçoit par la grande fenêtre du salon, et sort. Imprévu !

" Dimitri, on t'attend, on mange ! Qu'est-ce que tu fabriques ?"

Je ne sais pas quoi faire, je panique. Il va voir que ce n'est pas moi si je me retourne mais je n'ai pas le choix. Je tente.

"J'arrive papa, j'avais cru voir euh… un truc rouge, là dans l'herbe, mais je me suis trompé ! Je rentre."

Andy hoche la tête, je l'ai échappé belle. Il n'y a vu que du feu, je n'en reviens pas. Dimitri ouvre la porte, et me demande de le suivre à l'intérieur, on passe à table.

8
A table

Il ouvre la porte. Je le suis. On pose nos chaussures devant l'entrée. J'entend son père tourner les pages du journal dans la pièce d'à côté, et sa mère poser le plat lourd et chaud sur la table. Ca sent bon la famille, le repas du soir, le feu de cheminé et l'amour. Je commence à prendre peur. Je sens que je vais tout casser, quelque choses va se briser. D'un coup j'entend leurs pas sur le parquet, j'entend la voix d'Andy qui ronchonne, le chat qui miaule. C'est trop beau, trop familial pour moi. Ca me dépasse.

"Je ne peux pas."

Dimitri m'attrape le bras, il me pousse dans le noir des escaliers devant la grande porte blanche.

"Qu'est-ce que tu me dis ? Allez viens, qu'est-ce qui te prend ?

- J'y arrive pas, j'ai peur là. Ca ne va pas marcher, ça va détruire nos familles, je le sens.
- Alors quoi ? On fait rien ? On abandonne ? Tu veux pas savoir toi ? Si ça se trouve c'est fou, c'est la simple force du hasard, je ne sais pas, moi j'ai besoin d'en avoir le coeur net. Si mes parents me mentent je dois le savoir, et je sais que tu veux la même chose. N'ais pas peur mec, allez suis moi, tout va bien se passer."

Dimitri n'avait pas lâché mon bras. Il m'emmène avec lui. Je fermais les yeux, je voulais être ailleurs, ou me transformer en quelqu'un d'autre. En Valentin ! Ce serait plus simple. Je plissais les yeux de toutes mes forces.

"Transforme toi, transforme toi, transforme toi…"

On avance, on passe à la lumière. J'ouvre les yeux, et c'est le silence.
Dimitri se tient droit, à ma gauche. Nos épaules se touchent, collées, à la même hauteur. Face à nous, je découvre Eliane, une petite femme blonde au teint parisien. Elle se tient droite, muette, troublée. Son père a lâché son journal, lui n'en revenait pas. Il était sous le choc, tant, qu'il a lavé ses lunettes et frotté ses yeux avant de les remettre. Il s'est levé et s'est mit à rire.

"Je vous présente Liang.

- C'est incroyable ! Chérie regarde comme le petit ressemble à notre fils. Je pourrais ne plus savoir lequel est le mien !"

Andy s'était approché de moi. Il me tournait autour comme une abeille avec un pot de miel. Il avait toujours la bouche grande ouverte, et de temps en temps, il se remettait à rire. Le silence règne sur le visage d'Eliane. Je voulais fuir, c'était horrible. Dimitri se montrait ferme, froid, et distant avec elle.

"Il est avec moi à la fac. On est très fusionnels, je n'ai jamais connu cela. C'est marrant comme on se ressemble vous ne trouvez pas ? Marrant ou choquant ? T'en pense quoi maman toi ?"

Pas de réponse. Un silence lourd, pesant, plein de mensonges. Il a envahi toute la pièce en une demie seconde, ne laissant aucun espace pour nous laisser respirer, espérer ou même parler. Il pesait, sur nos épaules, réellement, je le sentais. J'étouffais, et je n'étais pas le seul je crois. Andy s'était retourné face à sa femme. Il paraissait dépassé par la situation. J'ai fais demi-tour, et j'ai claqué la porte. Personne ne m'a retenu, dieu merci.

De retour à l'appartement, j'étais bouleversé. Les émotions se mélangeaient, j'en voulais un peu à Dimitri, je voulais être auprès de mes parents. Il était tard mais j'ai appelé ma mère au téléphone. On a parlé de la ville, des voisins, des couleurs de Dalian, de monsieur Wei, le boulanger du bout de la rue... Je me suis pris un billet pour Dalian, j'allais rentrer dès demain. Je pars, pour la semaine, retrouver mes odeurs, mes amis, ma ville et ses fleurs, et surtout ma famille.

J'ai passé le reste de ma soirée à ranger mon appartement, de fond en comble pour y revenir comme au premier jour dans une semaine. Ensuite, après avoir travailler mes cours, j'ai dormi quelques heures. J'ai rêvé de tout ce que j'allais pouvoir faire en rentrant chez moi. Je retournerai au *WanBao Seafood Fang,* j'irai voir mes amis Zhen, Li Na, Jian, Xia et Kuang du quartier de Beijing et mes cousins dans leur appartement de la rue du fameux *People's Square.* J'aiderai mon père à son commerce, j'irai courir dans les parcs, entre les lacs. Je prendrai des photos, mon tableau, des cours de yoga... Mais je veux ressentir, un maximum, et me souvenir pour me donner de la force les mois à venir. Dalian est une ville d'avenir, pour nos familles et pour tout le pays. Elle est le parfait mélange entre la Chine et l'Occident, entre le moderne et l'ancien. Proche des coréens et des japonais, la culture asiatique y est à l'honneur, diverse et importante. J'y pense avec le sourire et la nostalgie, mais aussi avec admiration. On y respire l'air le plus pur du pays, la modernité, l'ouverture d'esprit naissante depuis le début des années 2000, et qui ne cesse de grandir. La violence intervient parfois, mais c'est l'intelligence, le travail, et le courage qui priment. Je vais retrouver les ingénieurs en costume qui sortent des nombreux laboratoires, les marins du *Dalian Port*, et les six millions d'habitants au grand coeur. Elle est la capitale de la romance pour les chinois comme Paris l'est pour les français.

Mon avion décolle. Je suis en bonne compagnie. Deux livrets de cent vingt pages chacun sont entre mes mains. J'ai quinze heures pour les apprendre, manger, et dormir. Deux heures au total pour tous mes repas, à écourter si possible, six heures pour dormir, et sept heures pour les apprendre. Top chrono.

9
Retrouvailles

Je pose un premier pied à terre, et je vais déjà un peu mieux. J'ai eu le mal de l'air en chemin, je retrouve juste mes esprits. Je sors du bâtiment que je connaissais bien. J'arrivais et je n'étais pas perdu. Mes parents étaient devant l'entrée, adossés à notre belle voiture. Deux cent vingt euros était donc le prix à payer pour ressentir une pareille sensation. Unique en son genre, intense, inexplicable. Celle du moment où tu retrouves tes parents, après six mois à vivre seul dans un appartement en suivant des cours de médecine dans l'école la plus réputée de France. Ma mère pleurait, moi aussi. Je les ai pris dans mes bras, le plus fort possible. Ma mère avait enfilé une de ses plus belles robes et mon père avait coiffé ses cheveux. Ils ne le font jamais. J'étais immensément heureux. La famille, son pays, rien ne pouvait égaler ces choses fondamentales. J'ai pris le volant, et on a discuté tout le trajet. Je leur ai raconté Paris et ses aléas, mes études, mon quotidien, mes habitudes, mes envies. Ma maison était toujours aussi grande et n'avait pas changé. La seule différence depuis mon départ en septembre et mon retour en mars, c'était que le chauffage était allumé. Huit petit degrés à l'extérieur, comme en France. Mais le ciel était quand même bleu aujourd'hui. Mon père a dû retourner travailler l'après midi, et ma mère est allée l'aider car les ventes avaient explosées ces dernières semaines, suite à la fermeture du commerce de monsieur Nee, le mois dernier. J'ai profité de leur absence pour aller me balader dans les quartiers, retrouver mes amis, revisiter toutes les couleurs de la ville que je n'avais finalement pas oubliée.

La journée fut froide, mais source d'énergie pour moi. Je suis déjà ressourcé. Ma ville m'a très bien accueilli. Je rentre chez moi, serein, nouveau, et changeant. Mes parents sont autour de la télé. Lorsque je passe la porte, ils me demandent d'aller me préparer, car nous allons dîner.

Comme un air de déjà vu, six mois plus tard, nous nous retrouvions attablés près du musicien de la salle quatre, trois place derrière celle que nous avions occupé la veille de mon départ. Les lumières et la vue sont toujours belles, les poissons toujours frais, mais le *Laodong Park* avait perdu de ses grues. Cette vue là me scotchait toujours, rien ne sera jamais aussi beau et aussi vivant. Mes parents n'avaient pas du tout la même mine. Ils étaient heureux, fiers, et chics pour tenter de se fondre dans le décor. Entier et intacte, le poisson qui vient de nous être servi me rappelle mon enfance, et comme le temps file. Je n'en ai pas mangé de si bon et de si bien cuisiné depuis que je suis parti. Servi avec un bol de riz et des sauces qu'on ne trouve qu'ici, je déguste, je savoure, et laisse le temps à mes papilles gustatives de s'en souvenir. C'est divin. Mes parents apprécient aussi.

La soirée fut chaude et intéressante. Mon père me conta toutes les histoires commerciales du quartier. Un ami du lycée aurait réussi à faire remonter la pente au commerce de son père qui menaçait de s'effondrer, le voisin serait devenu chimiste prometteur, le père Gao Li aurait fait une crise cardiaque foudroyante en octobre et ce serait dur pour sa femme de vendre la boutique. Ma mère l'aide avec sa fille et les papiers. Elle me raconte également avec passion ce qu'elle a fait ces derniers temps, avec la petite Mei qui fait des progrès considérables à l'école. Elle y est très attachée et attend beaucoup d'elle. Elle dit qu'elle a de l'avenir et le coeur sur la main. Je pense qu'elle serait capable de trouver de la douceur au plus profond du coeur d'un tyran, de toute façon. Nous sommes rentrés un peu avant minuit. Mon père était fatigué et avait encore beaucoup de travail demain. J'irais avec lui.

J'ouvre la boutique très tôt. Mon père y entre vite et se prépare dans l'arrière boutique. Il me montre sa routine.

Je n'ai pas regardé mes parents travailler depuis mes quinze ans, quand j'y allais après le collège. Mon père enfile sa blouse verte, ses gants, et décharge d'abord les livraisons de la veille. Il sort chaque caisse, chaque carton, chaque barquette de son stock de livraison. Il les ouvre, y fait du tri, et les réarrange. Durant plus d'une heure, il aura trié les aliments pourris, de ceux plus appétissants que jamais. Ma mère, de son côté, remet les rayons en ordre, avance les plus beaux produits sur le devant des étales, et s'occupe des panneaux publicitaires. Elle fait tout pour faire envie aux clients, et que le magasin paraisse plus grand, plus rempli et plus alléchant que celui d'en face. C'est tout un business, tout un travail à reproduire et entretenir chaque jour. J'aide un peu mon père, puis un peu ma mère. Plus vite que d'habitude, le magasin est prêt à recevoir le monde.

Ma mère se tient prête à la caisse, et mon père tourne en magasin toute la journée pour remettre en place, conseiller la clientèle et prendre en charge les livraisons du jour. Aujourd'hui, je suis avec lui. On enchaîne. Je comprend que mon père trouve son travail appréciable, mais très épuisant. Le contact avec la clientèle, régulière, c'est ce qu'il aime le plus. Il voit du monde tous les jours, et sait tous les ragots du quartier. Ma mère commence à y prendre goût également. Mais, ce travail que ce sont transmis mon père, mon grand-père et mon arrière grand-père avant lui, est très épuisant. Le mal de dos, de jambes, de bras… J'ai vu mon père en souffrir beaucoup.

Il est aussi très fatiguant, car il demande beaucoup d'entretien, comme un enfant de plus. Ce soir, on ferme la boutique, mon père lui dit à demain, tant fièrement que souffrant.

Le jour suivant, j'ai révisé de sept heures à dix neufs heures en ne faisant que très peu de pauses afin de ratrapper mon retard. J'arrivais à retenir facilement. Il se fait tard, mes paupières deviennent lourdes. Je décide de fermer mes cahiers et de m'allonger un peu sur le canapé. Je ressens les formes de celui-ci, et une odeur particulière qui me renvoie à mon plus jeune âge, à mes siestes après l'école, aux soirées entre mes parents et leurs amis qui s'éternisent.
Je reçois un message de Dimitri. Je ne lui ai pas répondu depuis mon arrivée à Dalian, j'avais besoin de souffler. Il est inquiet, et me demande de lui répondre. Il me dit qu'il est passé chez moi et qu'il a vu que tout été fermé. Je lui répond avant qu'il déclare mon décès à la mairie. Il m'appelle dans la foulée.

"Allô !
- Tu ne peux pas me répondre avant ? Tu ne sais pas comment j'étais inquiet ! Tu te barres de chez moi et après plus rien, tu fais le mort, tu te moques de moi Liang.
- Excuse moi, j'avais pas réalisé. J'ai juste eu envie de retrouver mes parents et ma ville, avant de

péter un câble à Paris entre les cours et tout le reste.

- Tu es chez toi ?
- Oui, depuis deux jours. Je rentre dans trois.
- Je comprend. Mes parents m'ont demandé ton nom de famille, et après ils n'ont pas voulu m'en demander plus, pour pas que tout cela paraisse louche. Ils ne veulent rien me dire, mais ne nient pas qu'il se passe quelque chose. Enfin seulement ma mère. Cherche chez toi, fouille tout, les réponses sont peut-être là-bas."

Il m'a rappelé que ma vie à Paris était complètement folle, mais pas irréelle. Je ne pouvais pas me voiler la face. Je devais donc découvrir ce que les parents de Dimitri nous cachaient. Je me suis levé, et j'ai commencé à ouvrir tous les placards, les meubles et les tiroirs. Je cherchais le moindre petit indice sur la France, Dimitri ou un éventuel objet louche. Rien dans la cuisine, ni dans le salon. Ma chambre n'avait pas de secret pour moi, et celle de mes parents était presque vide. J'entre dans le bureau, et je sors tous les albums photos. Je n'en ai que deux gros, et je pense les connaître par coeur. Je ne saurais si ce sont des photos de moi ou de Dimitri, mais le paysage reste celui de la Chine. En tout cas, mes parents sont toujours là, auprès de moi, seul enfant. Je les range et fouille les deux tiroirs du fond de la pièce. L'un cache des tonnes de papiers, des factures, des papiers d'assurance, de la banque, des impôts... Je trouve à côté de l'ordinateur le petit carnet d'adresse. Je lis les numéros des voisins, les adresses mails de chacun, leurs domiciles. Je ne cherche plus, je me remémore. Je vois le numéro de ma nourrice, du boucher qui nous rendait heureux tous les mercredis midis, des voisins, de mes amis d'enfance et de leurs parents. Ce sont des numéros, des adresses qui reflètent de nombreux souvenirs. Le petit carnet est presque plein, il ne reste que quelques pages. Je les compte par curiosité, et je tombe sur une adresse annotée sur la dernière. Je distingue "8, rue Beautreillis, à Arsenal, Paris". Je connais cette adresse, c'est celle de Dimitri. Il habite exactement au numéro huit, et m'a dit qu'il y avait toujours vécu. J'hallucine. J'ai relu ces quelques mots une trentaine de fois, je n'en revenais pas. Ils cachaient peut-être un énorme secret, une énorme vérité. J'entend la porte claquer, mes parents sont rentrés. Je pose le carnet, et je me rend dans le salon pour les accueillir. Je me cache pour écrire à Dimitri à propos de ma découverte. Je ne peux l'oublier. J'ai passé la soirée à me poser un million de questions. Qu'est-ce que mes parents me cachent. Le soir même, à table, je pose des questions indirectes à mes parents.

" Dès que vous en avez les moyens, je vous conseille de venir à Paris. C'est vraiment une magnifique ville, surtout le quartier d'Arsenal. J'ai un ami qui y habite et j'ai visité l'autre jour, c'est super mignon. Vous ne connaissez pas un peu ?"

Mes parents ne m'écoutaient pas beaucoup, mais on eu un petit sursaut lorsque j'ai dit "Arsenal". Ma mère m'a directement répondu qu'elle ne comprenait pas, et s'est renfermée. Je continue de parler français pour qu'ils ne réagissent à rien d'autre qu'au mot que je veux.

"Mon ami Liping y habite."

Mon père ne fait pas l'effort de comprendre, mais ma mère lâche brutalement sa fourchette. Elle a reconnu le nom de famille de Dimitri. Je lui demande si ça va. Elle a l'air très bouleversée, mais me répond que oui. Je m'empresse de tout raconter à Dimitri après le repas. Il a bondi, et m'a promis de tout fouiller de fond en comble le lendemain, pendant que ses parents iraient voir un combat de boxe.

10
Missive

Premier round. Le public est silencieux. Tout le monde ressent la pression, l'enjeu et la hargne des joueurs. Bleu contre rouge, costaud contre costaud. Le début est tendre, les coups sont gentillets. D'un côté, le match de boxe à la télé, de l'autre, Dimitri. Il fouille toutes les pièces. J'ai la tête partout, un coup à gauche, un coup à droite. Le rouge à terre… mais Dimitri est debout. C'est ce qui compte. Il met la maison sans dessus dessous. Le bureau de son père a été cambriolé, passé au broyeur, piétiné. Rien ! Coup de pied, en pleine tête. L'esquive était mauvaise. Le bleu a beaucoup d'avance. Les recherches n'avancent pas, pas le moindre signe de mon passage chez Dimitri. Il passe à la chambre de ses parents. Il n'est pas très à l'aise, il n'y vient pas souvent. Tout est gris, moderne, transparent. Comme les gens d'aujourd'hui. Il s'attaque à la commode. L'autre au genoux. Trop facile, les deux restent debouts. Le placard, esquive à gauche, la table de chevet, esquive à droite, le meuble de télé, échec total. Pas de surprise, je commence à m'ennuyer. Je savais dès le début que le bleu gagnerait sûrement, et que les Liping et leur mensonge aussi. C'est la pause. Il s'arrête pour souffler, boire un coup, réfléchir aux endroits les plus discrets de sa maison.

" Liang, tu le cacherais où ton flingue si tu en avais un ?"
- Tu m'as pris pour un débutant, je ne vais pas te le dire.
- Déconnes pas, c'est pour savoir où est-ce que mes parents pourraient cacher quelque chose d'aussi important.
- Prends une autre comparaison, ça m'empêche d'y réfléchir vraiment.
- Rooh... T'es relou. J'sais pas... Par exemple, ta vraie carte d'identité si t'étais agent secret.
- Dans un coffre, verrouillé à six chiffres, dans mon bureau d'agent. C'est quoi "relou" ?
- Mais t'es con où quoi, un truc en rapport avec chez toi ! Il faut que tu m'aides là ! Ca veut dire que t'es pénible, t'es chiant, tu m'énerve, tu m'soules, tu me gonfle, tu m'agaces, tu ne réfléchis pas...
- Eh, ça va Dim ! Calme toi ! C'est toi qui me "relou" alors. Je pense que tu devrais regarder sous le lit, dans le dressing, sur le haut du placard ou dans la boîte à chaussettes. J'aurais mis là ma carte

d'identitée, au milieu des pyjamas *Pokemon* et des chaussettes *Tintin*."

Il a bondit. Il se met à genoux et rampe sous le lit. Je lui demande des nouvelles mais il ne me dit plus rien. Il est concentré, et fouille tout ce que je viens de lui dire. Le haut du placard n'abrite comme secret, que de la poussière et des toiles d'araignées. Je le vois qui sort toutes les chaussettes une par une. Elles valsent dans toute la pièce. Le match reprend de plus belle. Les joueurs sont pleins de rage et de force pour trouver la faille. Celle qui les rendrait fiers, célèbres et riches. Le dressing est immense, comme le ring. Des tonnes de spectateurs, des tonnes de vêtements. Tous les uns à côté des autres, serrés, immobiles. J'assiste à deux combats, entre le bleu et le rouge, et Dimitri et ses parents. Dimitri ne se prend aucun coup, il est le bleu. La caméra est trop loin, je n'aperçois presque pas mon ami, alors j'ai les yeux rivés sur le match. Je sens que ça monte, c'est tendu, le rouge commence à se réveiller. Je sens mon attention complètement prise par les boxeurs, tant, que j'en oublie Dim. Coup de grâce, enchaînement parfait, KO complet. Remontée exceptionnelle du rouge. Il a perdu dix batailles mais il a gagné la guerre. Dimitri a gagné un milliard de batailles, mais vient de perdre la guerre. Il est désarmé. Coup droit, coup tournant, il n'a rien pu faire. Je le vois immobile dans le fond de la pièce, entre un mur gris et un autre blanc, adossé au dressing.

"Tu as quelque chose ?"

Il ne me répond plus. Il tient des enveloppes, une feuille, et une boite rose figure à ses pieds.

"Dim, c'est quoi ? C'est à propos de l'enquête ?"

Je venais de parler d'enquête, comme si nous étions des flics, à la recherche de quatres bandits.

"Liang, je vais avoir besoin de toi. Dès que tu rentres, il faut qu'on se voit, j'ai pleins de lettres à te donner.
- Quelles genre de lettres ?
- Celles que ta mère et ma mère se sont échangées, en 1984. Mais elles sont écrites en chinois. Je ne comprends rien, j'ai besoin que tu les lises. J'arrive juste à lire le nom de ma mère, de la tienne, ainsi que l'année."

J'étais sous le choc. Ma mère avait échangé des lettres avec celle de Dimitri, l'année de notre naissance. Mais pourquoi ?
Comment pouvaient-elles se connaître, que pouvaient-elles bien se dire en 1984 ? Et pourquoi les lettres sont-elles écrites en chinois, alors que madame Liping et son mari sont français et ne parlent pas le chinois du tout, d'après leur fils ? J'étais troublé, je

voulais les lire tout de suite. Elles contenaient sûrement toutes les réponses. On allait tout savoir, dans peu de temps, dès mon retour, demain. Les parents de Dimitri arrivent, il raccroche et tente de se calmer. Fin du combat, tout le monde rentre chez soi !

Ce matin, j'essaye de mettre de côté toutes les questions et les doutes que j'ai à propos de mes parents. Je veux profiter au maximum de leur présence, avant de repartir. Tôt, je suis parti me promener avec ma mère, dans les rues voisines. J'ai croisé des amis, ma mère aussi. Mon père nous attendait avec le déjeuner, chaud, prêt, accueillant. Le festin me fit tout oublier, même que dans deux heures, je serais sur le chemin du retour, à quinzes heures de mon appartement, et de la vérité. Il faisait froid, comme un jour de départ.

Dans l'avion, j'ai continué à travailler mes cours, l'embryologie, la biochimie, et tout ce qu'il y a de plus attirant. Je me demandais si la passagère à côté de moi avait des hauts le coeurs à cause de l'avion ou de mes schémas retraçant tout le système vaginal d'une femme enceinte. Si elle voulait des enfants, je pense que ce sera pour plus tard. Je m'endors, je ne tiens plus, je m'écroule.

A mon réveil, le temps n'était pas bien différent, la fatigue toujours présente et la nuit, noire. J'ai pensé que j'étais parti à dix heures du matin de Dalian, que mon avion avait atterri à une heure du matin, heure chinoise, mais qu'en France, il n'était que dix huit heures. Cette journée du 23 mars 2004 n'allait jamais se finir.

11
Silence

Je me concentre. Je prend un bon bol d'air, et je me décide enfin. Depuis ce matin, la scintillante boîte rose, peut-être une vraie bombe qui va me péter à la gueule, attend, sagement. Je la sors enfin, et je me met à tout analyser. Il y a beaucoup d'enveloppes, au moins quinze. Je regarde quelles sont les dates indiquées et je les met dans l'ordre pour mieux comprendre. La première date de juillet 1984. Je n'étais même pas né. Je la déballe, et lis. Tout est en chinois. La première est de ma mère, depuis Dalian. Je traduis :

" *Bonjour madame Liping. Je m'appelle madame Zetian, et je vous écris à propos de votre demande. J'ai aperçu votre affiche, et je souhaiterais prendre contact avec vous. Votre profil nous rend heureux, mon mari et moi. Vous savez, cette séparation me fend le coeur, alors j'attend d'une autre famille, la meilleure qui puisse exister pour mon fils. J'attend de votre part une réponse, rapidement, afin qu'on en discute plus longuement s'il s'agit d'une sérieuse demande.*

A bientôt peut-être.
Mr et Mme. Zetian"

Je me redresse, je ne comprend pas tout. Dimitri serait mon frère, mon jumeau. Je ne suis pas outré de la nouvelle. Je suppose qu'il ne le sera pas non plus. Il serait le fils de ma mère, de mon père, deux commerçants de Dalian. Pourquoi est-ce que ma mère s'est débarrassée de mon frère ? Je commence à être fou de rage. Je déballe la seconde lettre.

" Madame Liping, j'ai bien reçu votre lettre. J'ai noté votre adresse sur un carnet. Votre profil me réjouis, vous semblez parfaitement correspondre à tout ce dont j'aurais pu rêver pour mon Shuang. Evidemment, vous lui donnerez le nom que vous voudrez. Nous allons nous arranger pour que votre mari ne se rende compte de rien. Je suis actuellement à trois mois de grossesse, la naissance des jumeaux est prévue pour janvier 1985. D'ici là, je vous enverrai des lettres pour vous tenir au courant de l'avancée de la grossesse. L'infirmière que nous connaissons, a dit qu'ils avaient l'air en pleine forme. Elle tiendra le secret. Je suggère que vous veniez passer un mois de vacances en Chine, entre le mois de décembre et celui de janvier, afin que l'accouchement se

fasse à Dalian. Vous trouverez un prétexte pour faire ce voyage. Notre amie s'occupera de l'accouchement, de l'échange, et de votre hébergement. Vous ne repartirez que lorsque tout le monde sera en pleine forme.

Amicalement,
Mr. et Mme. Zetian"

Ma mère parlait de l'abandon de mon jumeau dans un autre pays, comme s'il s'agissait d'un sachet de shit au coin du quartier. J'étais écoeuré d'une pareille mise en scène. J'ai continué de lire. Les seize lettres étaient maintenant déballées, devant mes yeux. Je suis resté longuement silencieux, sur mon lit. Toute la vie de Dimitri était bâtie sur un mensonge. Plus les jours passaient, plus ma mère était triste de devoir se séparer de l'un de nous deux. Elle avait décidée de nous appeler Shuang et Liang. A sept mois de grossesse, il y avait eu des complications. L'un d'entre nous prenait trop de place, et risquait d'empiéter sur le terrain de l'autre. Dans la dernière lettre, du 17 décembre 1984, ma mère demandait à madame Liping de venir à Dalian, car le terme était prévu pour dans quelques semaines. Je ne sais pas ce qu'il s'est passé ensuite, mais visiblement, le petit coup monté mis en place par mes parents et madame Liping avait fonctionné.

Dimitri me harcelait de messages pour savoir si j'avais lu les lettres. Comment est-ce que j'allais pouvoir dire à mon frère que sa mère avait construit leur vie de famille sur un énorme mensonge. Comment est-ce que j'allais pouvoir regarder mon jumeau dans les yeux, et lui dire que son père ne sait rien de son adoption, et que c'est sa mère qui a tout fait en douce avec l'aide de mes propres parents. Toute cette mascarade avait été montée pour me séparer de mon frère. Et pourquoi est-ce que ma mère m'avait choisi à la naissance ? Pourquoi je n'ai pas vécu en France et Dimitri à Dalian ? Pourquoi est-ce que c'est moi Liang ? Incompréhension, incertitudes.

Trois jours que je ne parle plus à personne. J'en veux à la terre entière. Je n'ai pas répondu, ni à Dimitri, encore moins à mes parents, et même pas à mon ami Kuang. Je travaillais, dans le silence, l'anatomie me calmait. Je devenais fou, et du côté de Dimitri ça avait l'air d'être la même chose. Il ne sait rien, il doit m'en vouloir de ne pas lui dire ce qu'il se passe. Mais comment est-ce que je pourrais ? Il venait en bas de chez moi, il toquait, mais je gardais le silence, je garderais le silence. Je ne devais revenir en cours que dans trois jours. D'ici là, je ne bougerais pas. Les messages de Dimitri me disaient qu'il s'était disputé avec ses parents. Sa mère ne lui répondait pas, comme absente, elle faisait tout pour qu'on l'oublie. Son père, lui, lui maintenait qu'il se faisait d'énormes films, et qu'il était fils unique, français, leur fils. Le pauvre, tu m'étonnes, il ne doit rien y comprendre. La vérité va faire très mal. Repoussons ce moment, pour Andy, et pour Dimitri.

12
Deuil

C'est la veille de la rentrée. Je ne suis pas bien. Je vais devoir me confronter à mon frère, et je n'allais pas pouvoir lui mentir. La tension a l'air forte chez lui, d'après les messages qu'il me laisse. Il vient tous les jours, il hurle, il frappe à la porte. Hier, j'ai cru qu'il allait la casser. En partant il a crié "On se revoit dans deux jours Liang Zetian, tu ne va pas pouvoir te cacher". Je sais... et c'est bien ce qui m'emmerde.

Il est vingt trois heures onze. On toque à ma porte, calmement. Il est tenace, il ne lâche rien, mais à cette heure-ci, je suis surpris. Je ne bouge pas, et je coupe mon souffle.

"Liang ?"

Ma mère ! Je reconnais sa voix. Mais qu'est-ce qu'elle vient faire ici ! Je me lève de suite, c'est peut-être grave. J'ouvre, elle me tombe dans les bras. Mon père est derrière, la tête entre les mains. Je suis inquiet. Mon père me dit qu'ils m'ont cru mort, tout ça parce que ça fait une semaine que je ne répond à personne. Dimitri les a prévenu. Après avoir pleuré un peu, ma mère m'a passé un de ces savons. Elle m'a rarement hurlé dessus comme ça, mon père a dû la calmer. Quand elle a fini, j'ai croisé les bras, et je leur ai demandé de s'asseoir. Il fallait que je leur demande des explications. J'étais tellement énervé et perturbé que j'ai craché ma haine en français, alors que mes parents n'y comprennent rien.

"Vous avez cru devoir faire mon deuil ? Et bien, en réalité, c'est moi qui suit en plein deuil depuis mon retour. Oui, je suis en plein deuil de dix-huit années, que j'aurais pu passer avec mon frère, mon jumeau ! Celui que vous m'avez enlevé à peine né ! Vous me répugnez, vous me dégoutez ! Jamais personne ne pourrait faire ça à ses enfants, seulement les monstres ! Comme vous ! Toute cette petite mise en scène là, c'est cynique, c'est morbide, c'est super glauque ! Vous comprenez ? Vous l'avez échangé pour de l'argent c'est ça ? Un commerce, une maison ? C'est quoi l'idée, expliquez moi ça m'intéresse."

Mes parents n'ont pas osé m'interrompre. Lorsque j'ai levé la tête et que je les ai apperçu tous les deux, les yeux rivés vers moi avec leur regard de paumés, je me suis souvenu qu'ils ne comprenaient rien au français. J'ai dit exactement la même chose, en chinois. Leur visage n'était plus le même ! Ma mère s'est effondrée à nouveau, et mon père s'est levé pour tenter de me calmer. Le fait d'avoir répété deux fois m'avait encore plus énervé. Le ton était monté entre mon père et moi. Il me reprochait de fouiller, et me disait que je ne pouvais pas comprendre. Je comprenais très bien au contraire. Au milieu des cris, ma mère était terrée sur le rebord du canapé, les yeux bombés, les cheveux décoiffés, le maquillage en vrac. Elle ne s'arrêtait pas de pleurer. Mais d'un seul coup, elle s'est levée, et dans sa jupe rose bien droite, elle s'est interposée entre mon père et moi. De ses mains froides et ridées, elle a prit mon visage. Elle m'a demandé de bien vouloir l'écouter, elle m'a supplié même. J'ai accepté.

Au milieu de mon salon de six mètres carrés, qui était aussi ma cuisine et presque ma chambre, j'attendais les explications qu'avait à me donner ma mère. Justifier l'abandon de l'un de ses jumeaux allait être compliqué pour elle. Elle a soufflé un bon coup avant de se jeter à l'eau, et a plongé. Elle a commencé par me dire que la vie n'était ni toute blanche, ni toute noire. Elle est compliquée, exigeante, et demande beaucoup de courage, de force et de réflexion. Les individus doivent faire des choix, même les plus horribles. En juillet 1984, lorsqu'elle a apprit qu'elle était enceinte de trois mois, ma mère était devenue folle de joie. Elle en rêvait, et enfin, elle allait pouvoir fonder une famille avec l'homme de sa vie. Cependant, suite à une première échographie, l'infirmière lui a révélé qu'elle en attendait deux. Deux petits, et magnifiques garçons. A la nouvelle, ma mère s'est mise à pleurer, sans cesse, sur le lit de la clinique. La dure loi de la politique de l'enfant unique qui était imposée en Chine à cette époque, ne lui permettait pas d'élever ses deux garçons. Ses deux bébés. Ils lui prendraient l'un d'entre eux à la naissance, et elle n'aurait plus jamais de ses nouvelles. Elle ne savait ce qu'ils pourraient lui faire. Peut-être le donner, le tuer, le vendre, l'enfermer, le mettre dans un centre. Cela la rendait malade, désespérée, malheureuse et inconsolable. C'était inconcevable. Elle se lia rapidement d'amitié avec l'infirmière, qui accepta de garder le secret. Elle lui conseilla une association, illégale, ou se présentent des couples de tous les pays du monde, avec la volonté d'adopter. Elle s'y rendit tout de suite, et c'est là que le dossier d'Andy et Eliane lui a tapé dans l'oeil. Ils avaient l'air simples, gentils, normaux, accueillants. Andy avait des origines chinoises, ce qui faciliterait l'intégration de son enfant en France, le pays d'où venait le couple. Ma mère m'avoua qu'elle prit contact avec Eliane Liping par courrier, et que suite à sa réponse, elles échangèrent longuement. Eliane portait en France un faux ventre dans un premier temps, puis, prenait des hormones qui lui donnaient l'apparence et le caractère d'une femme enceinte. Son mari ne devait pas être au courant, il devait la croire enceinte. Son travail lui prenait beaucoup de temps, il était souvent en voyage ce qui facilitait la tâche d'Eliane. En réalité, ma mère me révéla que le couple espérait un enfant depuis longtemps, mais Eliane avait découvert qu'elle était stérile. Or, son mari rêvait d'enfant, cela devenait vital. Elle avait peur qu'il la quitte. Elle lui a fait croire à cette grossesse, et mes parents ont accepté de l'aider, et de la suivre dans toute cette manigance. Tout était prévu au millimètre prêt pour tromper Andy. Le traitement qu'Eliane prenait, qui n'existe plus aujourd'hui, fonctionnait tellement bien, qu'il n'y avait vu que du feu. Beaux menteurs. En décembre, suite aux lettres de ma mère, Eliane prétexta une folle envie de profiter de leur dernier voyage à deux avant l'arrivée du bébé pour se rendre en Chine. Elle loua un petit appartement dans Dalian, et dit à son mari qu'elle était enceinte de cinq ou six mois, pour ne pas qu'il refuse le voyage. Ils feraient croire à une naissance subite et prématurée, avec l'aide de l'infirmière. Tout a fonctionné. Le jour de l'accouchement, mon père avait prévenu Éliane des contractions rapprochées, et de se tenir prête. Elle commença à simuler des douleurs au ventre, et se fit transporter d'urgence à l'hôpital par son mari, inquiet.

Neuf janvier 1985, bonne année, bonne santé. Félicitations madame pour vos jumeaux. Ma mère ferma les yeux et laissa l'infirmière prendre l'un des deux, pour l'emmener dans la chambre de madame Liping. Son mari l'attendait, fou d'inquiétude, dans la salle d'à côté, depuis huit heures. Il n'avait pas eu le droit de rentrer à cause de "complications" prétextées par l'infirmière, complice du grand film dans lequel mes parents avaient un grand rôle. Elle décida de donner le prénom de Liang à son seul fils, encore présent à ses côtés. Ma mère avait laissé partir Shuang, ou plutôt, avait dû. Elle était profondément attristée, et avait du mal à s'en remettre. En quelques jours, le couple Zetian a pu rentrer dans leur maison. Il leur a fallu plusieurs années pour moins y penser, moins en pleurer, mais elle m'avoua, en larme sur mon canapé ce soir là, qu'il ne s'était pas passé une journée sans qu'elle y pense, depuis notre naissance. Mon père ajouta qu'ils m'avaient élevé en doublant les soins, l'amour, l'espoir, la fierté, la protection, la peur, les envies, les rêves, et tout ce qu'ils ont pu m'offrir. Tout avait été multiplié par deux, seulement pour moi.

Le temps en suspens. Il a fallu que chacun de nous se concentre pour tenter d'accorder chaque pièce de ce gigantesque puzzle, cette grande mascarade, cette immense blague douteuse, voir tragique. Toujours dans le silence, ma mère m'apporte sous les yeux, une photo qu'elle a sortie de son portefeuille. Elle est très ancienne, un peu déchirée sur les coins, en noir et blanc. J'y distingue ma mère, dans son lit d'hôpital, un bébé dans chaque main. Elle n'a pas l'air heureuse comme toutes les autres nouvelles mamans du monde, non, elle est triste. Ses yeux sont presques fermés, encore aujourd'hui. Elle m'explique que l'infirmière a tenu à lui donner ce cliché, qui l'aiderai pour plus tard, quand elle aurait fait son deuil. Elle disait qu'il ne lui resterait plus que de l'amour, un peu de peine, toujours, et de la curiosité face à cette unique photo de ses jumeaux. Ma mère n'était pas convaincue, et c'est clairement visible sur la photographie de notre naissance. Mais aujourd'hui, elle ne la quitte jamais. Je suis bouleversé de nous voir tous les deux, c'est comme la cerise sur le gâteau, le pompon, la Bérézina, le petit Jésus en culotte de velours... Emballé, c'est pesé !

13

Corruption

Je suis posté dans la cabane du fond du jardin de mon frère. Je regarde par les trous entre les planches bancales. J'aimerais le voir. Mes parents sont avec moi. J'ai accepté de faire cela pour eux, ils y tenaient absolument. Juste l'apercevoir, même s'il est flou tant il est loin, tant qu'ils savent que c'est lui.

Il sort. Je le vois se diriger vers le portail. Mes parents sont très émus, et forcés de constater que de loin, c'est tout moi. On a le même style, la même corpulence, la même façon de marcher, et maintenant les mêmes parents. Lorsqu'il démarre sa voiture, et quitte le domicile, on sort de la cabane. Je laisse mes parents prendre le taxi qui les emmènera jusqu'à l'aéroport, et moi, prendre le chemin inverse, vers la fac. Je tentais de réviser ce que j'allais bien pouvoir dire à Dimitri. Je n'étais pas prêt du tout, mais il avait décidé de prendre les devants. Au coin de sa rue déserte, il était le seul garé entre les deux maisons. Je fis mine de ne pas l'avoir remarqué, et continua de pédaler.

"Oh Zetian, ramène toi."

Je tourne la tête comme surpris de le voir. Cela n'avait pas été très compliqué à jouer, puisque j'avais été au moins surpris de la façon dont il venait de me parler.

" Tiens, Dimitri ! Tu ne vas pas en cours ?
- Qu'est-ce que tu fais dans les parages ?
- J'allais en cours !
- Ce n'est pas ta route.
- J'avais envie de découvrir d'autres chemins.. Aïe, je crois que je me suis bien rallongé !
- Ne te fous pas d'ma gueule, t'étais chez moi. J'ai vu ton vélo dans les buissons imbécile."

Grillé ! Au secours. Il ne m'avait jamais parlé de la sorte. C'était déroutant, comme si je le découvrais. Alors qu'on avait le même sang.

"Je peux t'expliquer.
- Pas besoins, je sais tout.
- Comment ça ? m'étonnais-je
- T'as pas voulu parler, ni toi ni personne d'autre, mais j'ai tout compris.
- Je pense au contraire que tu ne sais rien, Dim…

- Oh si je sais, on est des jumeaux, n'est-ce pas ?"

J'étais bluffé. Si j'avais pas été sur mon vélo j'aurais eu le cul par terre. Au début j'étais sonné, il l'a vu, et en riait. Mais finalement, dire qu'on est jumeaux, c'est facile. On l'a compris depuis longtemps. Non, ce qui m'intrigue, c'est de savoir s'il connaît réellement toute la vérité ou s'il ment.

" Non mais Dimitri franchement je...
- Je suis sûr que tu traînais chez moi pour voir mes parents ! T'oses même pas me dire en face que mes parents sont aussi les tiens, et qu'ils t'ont abandonné. C'est ma mère qui me l'a dit car mon père ne l'a jamais su. Mais tu n'as pas le droit de m'en vouloir, et de nous en vouloir, elle était obligée ! Tu sais, tu devrais plutôt en vouloir à ta mère de Dalian ! Elle est amie avec ma mère depuis longtemps, sauf qu'elle est stérile... Donc ma mère, qui n'avait pas assez d'argent pour nous élever tous les deux, a cédé à son chantage. Frérot, je sais que c'est moche, c'est vraiment horrible ce qu'à fait ta mère, et que tu dois te sentir comme une marchandise échangée contre de l'argent, mais tu te trompes d'ennemi. Nous on est ta famille, ta vraie famille. Et ce qu'a fait ma mère, elle le regrette tous les jours, mais elle n'avait pas d'autre choix. Je suis désolé que tu l'ai

appris par les lettres, et je comprend que tu n'ais plus eu envie de me voir… Mais je suis là, ma mère aussi, on va t'aider à te relever face aux mensonges de tes parents de Dalian. Allez viens, je t'emmène en cours."

J'eu presque envie de rire. Mais la colère est montée très vite, très fort, et j'ai plutôt senti des larmes monter. Je pleurais parce que je venais de retrouver mon jumeau, ce n'était pas juste un camarade, ni un ami, ni même un frère. Je pleurais parce que la mère adoptive de mon frère lui mentait. Son discours n'avait absolument aucun sens et Dimitri y plongeait la tête la première. Pire, elle racontait des horreurs sur notre mère biologique, à tous les deux. Je pleurais parce que mon frère était pris pour une marionnette depuis dix-huit ans, et encore plus aujourd'hui. Il n'a jamais eu le droit à la vérité. Je pleurais d'amour pour lui, de colère pour sa mère, de tristesse pour la mienne, salie dans son dos. Je remis pied à l'étrier rapidement, ou plutôt à la pédale, et m'enfui à toute vitesse. Il me rattrapa très vite, mais me passe devant sans s'arrêter. J'étais soulagé qu'il n'insiste pas. Je me suis imaginé ce qu'il devait penser. Mais je n'avais pas les idées très claires, car je connaissais toute la vérité, et tous les mensonges en même temps.
Je suis arrivé en retard à mon premier cours, je ne pouvais pas rentrer. Je me suis assis par terre, adossé

au mur de l'amphi. J'étais dans un sale état. Un élève est arrivé quelque minutes après moi.

"Merde, c'était huit heures ?"
- Oui.
- Rooh fait chier, je croyais que c'était huit heures quinze."

Huit heures, huit heures quinze, onze heures cinquante, seize heures, minuit, qui décide ? Qui s'est dit un beau jour, qu'à ce moment là, il serait huit heures, ou midi, ou deux heures ? Pourquoi on a décidé que le soleil serait couché entre vingt-deux et six heures ? Qui a décidé que quand le soleil serait au plus haut de la journée, on devait manger ? Et pourquoi est-ce que quand mes parents seront à Dalian, dans le même temps que le mien, il sera six heures de plus qu'en France ? Nous vieillissons à la même vitesse pourtant, et mes parents n'auront pas vécu six heures de plus que moi une fois arrivés là-bas. Je n'aime pas trop celui qui a décidé de tout compter, et de nous rappeler que chaque seconde, chaque minute, et chaque heure, nous rapproche un peu plus du trépas. Bref, j'entre dans l'amphi dès la première pause, il est neuf heures, zéro, zéro.

14
Ecrire

Depuis que je suis à Paris, je t'avais presque oublié. Je m'étais juré de passer mes journées à tes côtés, à sentir ton inspiration, toute ta grandiosité et ta force. Mais les cours et les histoires de famille ont failli te voler à ma mémoire. Je viendrais te retrouver dès demain matin, et soir, et les autres jours aussi. Je ne t'oublierais plus, c'est promis. Je me souviens de tes formes et tes couleurs, mais tu me manques. Pardonne-moi ce moment d'égarement. Comment ai-je pu oublier une des premières choses qui me faisait aimer cette ville. A très vite…

Liang

L'écriture n'avait jamais été mon truc. Pas de lettres au Père Noël, ni de journal intime, encore moins de débuts d'histoires. Mais ce soir, je tenais une feuille et un stylo dans la main. Tant d'émotions devaient être mises à plat, à nu. J'évoquais mes regrets, mes doutes, ma peine, et mon amour mélangé à ma désolation pour l'Arc de Triomphe. Je me ratraperais dans les jours à venir.

Le soleil et les oiseaux dorment encore lorsque je monte sur mon vélo. Dehors, le temps est encore très froid, et mon corps a du mal à le supporter. Mais face au monument, à ses motifs précis, travaillés, entretenus, et sa prestance, mon coeur se réchauffe. Je m'assied sur un banc, au plus près de la pierre. Je respire profondément et la fraîcheur prend un autre sens. Il devient plus agréable. Près de lui, je me sens minuscule et en même temps regardé. Il me laisse faire une pause dans ma vie, dans mes études, dans ma famille. Les voitures à la chaîne, polluantes et bruyantes viennent gâcher tout le paysage mais je tente de passer outre. Le monde grouille lorsque l'aiguille de ma montre s'approche du huit. Personne ne prend le temps de lever la tête, ni même de saluer le majestueux monument. J'espère ne jamais devenir de ceux-là. Je dois me presser, mais c'est promis, je reviendrais.

J'ai continué d'écrire. Mes maux passeront peut-être plus vite. J'arrive à ressentir la moindre émotion dans tout mon corps. La joie, la colère, la tristesse, la curiosité, la frustration, la hâte, la peur, l'envie, tout me fait mal au ventre, à la tête, aux bras, jusqu'aux pieds et s'enfonce presque dans le sol. C'est brutal et violent mais finalement, je me vide. J'en sors tellement fatigué que je m'endors beaucoup plus facilement. J'ai besoin de repos, j'ai besoin qu'on m'épargne. J'ai envie de fuir.

L'écriture rend la vie plus facile, et je la remercie de m'avoir accueilli.

15
Accident

Dimitri entre sans frapper. Je me réveille en sursaut. Il s'avance et me prend dans ses bras. Il est en pleure, complètement chamboulé. Je suis inquiet, mais il ne parle pas. Tout est noir et très silencieux. Je pense qu'il sait, que je sais, et que nous savons. Je serre mon frère du plus fort que je le peux. Enfin, toute cette histoire est finie, il sait tout. Je le serre, je le serre, tellement fort, qu'il disparaît.

D'un seul coup j'ouvre les yeux. Je suis seul dans mon lit, le téléphone affiche quatre heures. Je me laisse tomber sur le matelas à ressorts. Je soupire... Ce n'était qu'un rêve, et le retour à la réalité est assez douloureux. Tout serait plus simple si Dimitri le savait. Il a le droit de savoir la vérité. J'enfile un jean, un sweat *Hilfiger,* mon bonnet, et je sors. Ma doudoune me couvre suffisamment, alors je prend mon vélo jusqu'à chez Dim. Le chemin est long, le froid est oppressant, mais je continue. J'ai la rage, l'envie que tout s'arrange, et dès que je flanche je pense aux mensonges d'Eliane Lipping et je repars. Je ne suis plus qu'à un kilomètre, j'arrive au bout ! Je ne vais plus lui laisser le choix, elle va devoir parler à Dimitri. Je la menacerai s'il le faut. Je ne pense qu'à rétablir la vérité, je fonce vers mon objectif, tête baissée.

Lorsque je me suis réveillé, j'étais dans une grande pièce, entièrement vide, blanche, sans sol, ni toit. J'étais seul, j'ai senti ma respiration s'accélérer. Je me suis mis à courir, mais c'était une pièce sans fond, je ne pouvais pas en sortir. J'étais comme condamné. J'ai senti qu'on me prenait la main tendrement, et mon souffle s'est coupé. Quelqu'un était là. Au loin, comme un écho, j'entendais une voix de femme. Elle était très inquiète, elle hurlait en s'appuyant de tout son corps sur le mien. Mais je la sentais à peine, comme si j'étais transparent. J'entendais :

"Non, non pas mon fils ! Rendez-moi mon fils ! Pas mon Dimitri, mon petit Dimitri !"

La femme pleurait. Des infirmiers sont arrivés pour la calmer, et ont juré que ce n'était pas son fils. J'ai compris qu'il s'agissait d'Eliane. Elle est devenue plus calme, car non, je n'étais pas son fils. J'avais l'impression d'être dans cette pièce déjà depuis cent milles ans. Je sentais, comme à des milliers de kilomètres, comme sous un million de couches de matelas triple épaisseur, des mains, des voix, et des prières. Régulièrement, la main de ma mère, sa douce voix apaisante et rassurante qui me consolait. Je tenais bon, dans cette blanche solitude, grâce à ses visites. J'ai reconnu la voix de mon père aussi, avec ses conseils, ses histoires de quartiers, ses rêves... Dimitri est passé me voir, mais de moins en moins. Les visites les plus régulières étaient celles de l'infirmière, Ariane, et son apprenti, Colin. Il est jeune, pas très à l'aise et peu dégourdi. Elle est douce, gentille, aimante et agréable. Elle me masse tous les jours, elle me lave, elle me parle, et je l'entend qui m'encourage. Je crois que je suis amoureux, même sans la voir. Je l'imagine. Elle serait une jeune femme brune, aux yeux marrons foncés, une peau bronzée, des boucles qui descendent sur ses épaules, des douces mains, une tenue d'hôpital blanche qui lui arrive aux milieu des mollets, des chaussures moches car elle y est obligée, un sourire marqué, des rides au coin des yeux, du gloss sur les lèvres, des bras pas très épais, elle est droitière, elle se parfume au nouveau *Zadig & Voltaire,* et j'espère, qu'elle est célibataire. Tiens, elle entre. Je la sens déjà. Elle se prépare, et s'approche de mon visage. Elle ne dit rien mais je sens qu'elle sourit.

"Bonjour Liang ! Comment vas-tu aujourd'hui ?"

Je lui répond dans ma tête, mais aucun mot ne peut sortir de ma bouche, fermée, inanimée.

"Allez, on va se laver, c'est o-bli-ga-toire. Les bras... voilà, les jambes, le cou, le dos... c'est agréable hein, tu te fais chouchouter."

Elle a bien raison, c'est très agréable, même sous un million de couches de matelas triple épaisseur.

"Mais il va falloir que tu te réveilles maintenant. Je continuerais de te chouchouter si tu veux, c'est pas un soucis, mais les mois passent et il faut que tu penses à ta famille, ne fais pas l'égoïste."

Voilà donc des mois que je suis enfermé, prisonnier de ma vue, de ma respiration naturelle, de la parole, de la nourriture, et de ma vie entière. Je suis triste tout à coup, elle m'a fendu le coeur. Je voudrais revenir, je voudrais être avec toi, pour de vrai Ariane. Je sens une larme sur ma joue, qui coule, lentement. Elle arrête d'un seul coup de passer son gant le long de mon bras. Je l'entend qui respire et qui s'approche pour essuyer mon visage de toute ma tristesse. Puis, elle rit.

"T'es pas loin ! Je le sens, tu reviens, allez, c'est bien ! Désolée de t'avoir rendu triste, nous aussi on est tristes, et c'est pour cela que tu dois encore te battre un peu. Force, allez reviens Liang, je t'attends."

Elle sautille presque à côté de mon lit. Je cours partout dans cette immense vide blanc, je cherche une porte de secours pour m'enfuir, je me bats pour la rejoindre. En vain. Elle se calme, et reprend son travail plus lentement, je dirais, plus tristement. Elle quitte ma chambre un peu plus tard, sans dire un mot, et je me rendors.

Je suis réveillé par un grondement sourd et continu. Je me concentre, c'est la voix de mon père. Il est à mes côtés et me conte l'actualité, comme pour ne pas me perdre. Il me parle de leur petit appartement à deux kilomètres de l'Arc de Triomphe. Elle fait soixante-dix mètres carrés, c'est moins grand que la villa, mais on peut voir le haut de l'Arc, "c'est comme si tu étais près de nous" m'a t-il dit. Il finit par me rappeler sa profonde tristesse, sans un mot, juste par un long soupir. Je me rendors dans ma peine, dans ma douleur, et j'attend la prochaine visite d'Ariane, pour me donner des calmants.

16

Colette

Je vais de plus en plus mal. Je sens mon corps basculer à une vitesse folle. Il est lourd et ne m'appartient presque plus. Je chute, et je sens que je vais bientôt atterrir, mais le parachute est cassé. Un oiseau vient me prendre dans son bec. J'arrête de chuter, on vole, on plane, c'est du sur place. Ariane est là. Elle n'a pas dit un mot, elle n'a pas respiré suffisamment fort pour que je l'entende, ni sourit. Je sens que quelque chose ne va pas. Je dois sûrement être en train de quitter la Terre, et rejoindre le ciel. Je suis déjà si loin que je n'entend plus ma belle infirmière. Ça me blesse. Je pars avec une impression de manque. Le manque de ma famille, le manque de mettre un visage sur la douceur d'Ariane, le manque de vérité, celui de mon frère jumeau qui n'est presque pas venu me prendre la main, le manque de vie. J'ai à peine dix-neuf ans, le temps s'est arrêté le 29 février 2004, et m'a plongé dans ce vide profond.

Puis, j'entend distinctement un reniflement. C'est finalement un torrent de larmes que j'entend très bien, juste au dessus de moi. Ariane arrête de me laver, elle me prend la main, je la sens. Je me sens poussé vers le haut, pas si loin d'elle, exactement comme si je venais de comprendre que je n'entendais rien parce que j'avais oublié d'enlever mes bouchons d'oreilles, mais que je ne suis pas sourd. Je n'étais pas encore mort. L'oiseau me tiens, mais à tout moment il peut me laisser tomber dans le vide. Le coeur de l'infirmière se met à me parler, entre ses larmes.

"Liang, je veux te parler. Je suis triste, tellement triste. On m'a prit ce que j'avais de plus cher hier soir, et je suis si seule… Elle s'appelait Colette… Je l'aimais, je l'aimais tant. Elle m'a élevée à la mort de ma mère, quand j'avais six ans et que mon père n'était pas en état d'assurer mon éducation, tant psychologiquement que financièrement. Tu vois, elle a tout fait pour moi, c'est comme une deuxième maman…C'était ma grand-mère."

Elle se remet à pleurer de plus belle. Je sens au plus profond de moi ce que vit cette femme. Tout mon corps reçoit des coups de couteaux, des coups de pieds, qui me déchirent. J'ai mal pour elle.

"Ils l'ont trouvée dans son lit ce matin… Je savais bien qu'elle n'était pas en grande forme, mais j'aurais pensé pouvoir la garder avec moi quelques années de plus. Je suis dévastée Liang... Dévastée !".

Moi aussi je suis dévasté Ariane. J'ai envie de te le dire, même le crier. Viens dans mes bras, tu n'es pas seule. Je suis là, je vais t'aider, laissez moi l'aider. Je tire la peau de l'oiseau, je veux qu'il remonte, qu'il m'aide à sortir de là pour aller l'aider. Je voudrais donner de la force à quelqu'un d'autre, alors que je me ramolli dans ce lit d'hôpital un peu plus chaque jour depuis des mois.

"Elle était... souriante, joyeuse, pétillante, généreuse... Tout le monde l'aimait. Elle c'était le jardin et la cuisine qu'elle aimait. Mais elle était forte dans tous les domaines. Quand j'étais petite elle me parlait de ma mère, elle me faisait rêver..."

Ma belle brune paraît plus apaisée, mais elle est juste en train de retourner dans le passé et les souvenirs, qui la bercent. Elle ne tarde pas à retrouver la dure réalité, deux fois plus violente, deux fois plus vraie, deux fois plus douloureuse.

"Elle est partie ! Je suis toute seule Liang, j'ai mal, j'ai mal, j'ai mal, j'ai mal... Qu'est-ce que j'ai mal !"

Elle s'écroule complètement, deux fois plus qu'avant. Je sens que son coeur se brise, et le mien aussi. J'ai mal au ventre, aux jambes, à l'âme entière. Je pense à Colette, à Ariane, et à la douleur de tous les gens qui subissent des deuils. C'est terrible, c'est inhumain. Tu dois tout réapprendre, car une vie sans ton père, ta mère, ta soeur ou ton frère, ton voisin, tes grands-parents, ton chien, ta maîtresse, ta banquière... C'est moins ta vie. Il faut combler le manque et se remettre partiellement de son chagrin, qui ne peut jamais être total. L'infirmière qui prend soin de moi depuis tout ce temps, et qui fait aussi partie des personnes qui me maintiennent dans le bec de l'oiseau, me parle de son deuil, et je ne suis pas là pour elle. J'ai du mal à entendre cela. Quelque part, moi aussi je suis en deuil. Je voudrais la soutenir, je m'y suis attachée. Cela me rend tellement triste et colérique. Je suis sur le dos de l'oiseau, et je lui tire la peau de toute mes forces vers le haut. Il hurle, comme mon corps. Il tente de lutter, c'est une guerre qui fait des victimes des deux côtés.

"Je ne veux plus vivre dans ces conditions, je veux juste la rejoindre, elle et ma mère."

Je l'entend gémir, se retenir d'hurler, frapper le matelas. Aussi loin que je puisse être, ses coups résonnent dans ma tête. Elle a dû lâcher ma main, et je ne le supporte pas. Elle ne peut pas me laisser, ni dire qu'elle veut rejoindre Colette, même si je le comprend. Je peux lui assurer qu'on ne s'y sent pas bien. C'est trop, je vais éclater, déchiqueter, frapper, destroyer, mitrailler, tuer cet oiseau. Je tire, tant que la peau se déchire presque. Il remonte à la vitesse de la lumière, je perçois mon vélo au sol et le sang sur mes mains. J'ouvre les yeux.

17
Retour

J'ai les yeux grands ouverts, comme Ariane. Durant ces sept secondes, tout s'est arrêté. Un, j'ai les yeux grands ouverts vers le plafond blanc. Deux, je ne respire pas, j'ai le souffle complètement coupé. Trois, Ariane arrête de pleurer, elle me regarde avec les mêmes yeux que moi. Quatre, je constate qu'elle est pâle, avec de longs cheveux blancs qui tombent sur sa blouse bleue. Cinq, ni elle ni moi n'avons bougé pour le moment, comme si le temps était sur pause. Six, je remarque enfin ses tâches de rousseurs légèrement dessinées sur ses joues et son nez. Sept, je suffoque presque et je respire comme un phoque. L'électrocardiogramme se met à bipper très vite. Ma respiration est irrégulière et angoissante, pour tout le monde. Je ne sais pas si je revis ou si je meurs. Ariane court à mon lit, elle appelle tout l'hôpital, elle crie, elle est affolée. Je suis dans un sale état, mais je sens qu'elle continue de tout faire pour moi, en me tournant, me tenant la main, me parlant. Elle tente de me calmer en attendant que les médecins arrivent. J'ai toujours les yeux écartés comme des billes, et la respiration qui fait des bonds. Je vois moins clair, je perds pied. On me branche, on m'emmène, on me parle, on me touche, mais je ne comprend plus rien. Adieu le blanc, bonjour le noir.

Quand j'ai rouvert les yeux, plus calmement, j'étais seul. J'ai pu distinguer les draps blancs, les murs blancs, ma peau blanche... Il y avait du matériel de médecin partout, et du bruit à l'extérieur. Je reconnais le bouton qui sert à appeler les médecins en cas de problème. J'appuie. Je veux voir Ariane. Aussitôt, ma porte s'ouvre brusquement. Un grand médecin accourt à mon chevet, avec un masque devant la bouche. Il le retire, et sourit. Il rit même. Il a l'air très heureux et soulagé. Trois autres personnes arrivent, deux femmes et un jeune garçon avec l'étiquette de stagiaire. C'est Colin, mais pas d'Ariane. Tout le monde se regarde l'air satisfait. Les femmes se prennent même dans les bras.

"Vous êtes là ! me dit le premier arrivé. On va voir si tout va bien, mais j'ai confiance en vous, vous être très fort. Dites moi, comment vous appelez-vous ?"

Les quatres médecins sourient bêtement, et me regardent comme si j'étais un bébé qui venait de naître.

"Liang. Liang Zetian."

Ils élargissent davantage leurs sourires, j'aurais cru cela impossible. Chacun s'arrête de respirer à chaque question, et dès que je répond, leurs souffles et leurs sourires reviennent en force. Je me croirais dans *Qui veut gagner des millions* face à Jean-Pierre Foucaud.

"Tu sais quel âge tu as Liang ?"
-   J'ai eu dix-neuf ans le 10 janvier.
-   Et... Tu viens d'où ?
-   De Dalian, en Chine. Mais j'habite à Paris pour mes études."

Alors là Bingo, Jackpot, le millions d'euros est gagné. Ils me suggèrent de me reposer, mais que tout va bien. Ils m'ont expliqué qu'ils reviendraient dans une heure pour un deuxième contrôle, mais que je devais me reposer. Comme si je n'avais pas assez dormi.

"Elle est où mon infirmière ?"
-   Et bien... elle est sûrement avec d'autres patients. Reposez-vous."

J'aurais voulu qu'elle vienne me voir. J'ai besoin de lui présenter mes condoléances, la remercier de son aide et de sa gentillesse. Il a raison le médecin, je suis fatigué, j'ai besoin de vrai sommeil. Je n'arrive pas encore bien à savoir si c'est réel, mais j'ai envie d'y croire.

Lorsque le médecin revient, il prend le soin de tout m'expliquer. Le 29 février 2004, un vélo arrive trop vite dans le virage de la rue de chez Dimitri, au même moment qu'une voiture au stop d'en bas. C'était moi. On arrivait tous les deux vite, sans vigilance, et je me suis fait renverser. J'ai volé sur le pare-brise, le choc était violent. Quand je suis retombé, ma tête a tapé le sol, et s'est ouverte. J'ai vu le sang, et j'ai perdu connaissance. Le conducteur était un homme responsable, qui était comme moi, *"un jour, au mauvais endroit"*. Arrivé à l'hôpital, j'avais perdu beaucoup de sang, et subissait un traumatisme crânien. Je suis resté dans le coma, branché aux machines, durant presque six mois. Pendant ce temps, mes parents sont venu s'installer à Paris, l'Arc de Triomphe a un peu vieilli, et le soleil est sorti. A mon réveil, le 4 août, j'ai fais une sorte de crise, assez dangereuse, due à la brutalité du choc. Le choc, c'était Ariane, c'était Colette, c'était l'oiseau. Les médecins ont assuré ma survie, et la reprise d'un rythme normal pour mon coeur et mes poumons. Il m'a dit que j'avais été incroyablement fort, que j'avais forcé le destin, j'aurais pu en mourir mais tout était rentré dans l'ordre. Durant les deux premiers mois, j'ai eu un plâtre à la jambe droite, et mes hématomes et blessures ont pu cicatriser. Je suis un peu esquinté, mais je ne suis pas à jeter. J'aurais de la rééducation durant quelques mois. Mes parents sont dans la salle d'attente, avec la famille de Dimitri, et des amis de la fac. Le médecin quitte la chambre, et laisse le droit aux autres de venir me voir quelques instants. J'ai hâte de revoir ma mère et mon père.

Ils entrent lentement, et fondent en larmes. Ils me parlent à toute vitesse en chinois, et sentent le magnolia mélangé à l'odeur de l'hôpital. Je revis petit à petit. Ils sont du sang pour mon coeur, de l'air pour mes poumons, et des calmants pour chacune de mes blessures. Après la tendresse, ma mère me parle de Dimitri. Elle me dit qu'il y a deux semaines de cela, ils l'ont croisé dans le couloir de l'hôpital. Il attendait devant ma chambre, et lorsqu'elle s'est approchée pour le réconforter et le remercier d'être là, il l'a repoussée. Elle qui arrivait avec une émotion incomparable. Son fils, près d'elle, après toute ces années. Elle me raconte qu'elle n'a pas compris, car il parlait français, mais que crier, l'air méchant et les gestes brusques sont universels. J'ai expliqué à ma mère la réaction de Dimitri, et le mensonge d'Eliane. Elle est devenue rouge de colère, noire de tristesse, verte de dégoût. Mauvais mélange.
Au moment de partir, en passant par la salle d'attente, elle n'a pas pu s'empêcher de s'avancer vers Eliane Liping, tête baissée, présente car forcée par Dimitri. Eliane parlait chinois à l'époque pour communiquer avec

ma mère, qui espérait qu'elle n'en ait rien perdu. Au milieu de toute cette tristesse et cette haine, la femme qui avait mit au monde deux petits garçons en 1985, crachait toute sa colère à celle qui voulait lui retirer cela. Eliane n'avait pas l'air d'avoir oublier notre langue.

18
Entretien

La tête tournée vers la fenêtre et la jambe qui pend dans le vide. C'est comme ça que je me sens le mieux. Dimitri entre doucement dans la chambre, en se tenant les doigts. Il à l'air très nerveux. Je ne dis rien, je le regarde car il m'a manqué. C'est bien mon frère, c'est bien mon double, là je n'ai aucun doute tant l'émotion est forte à l'intérieur. C'est le carnaval de Rio, le 12 juillet 1998, et le Mardi Gras en Louisiane, en même temps, dans mon corps. Il s'assied à mes côtés avec une délicatesse sans nom. On discute un peu, c'est tendu, c'est distant mais rapidement, tout revient. On se vanne, on se souvient et on imagine.

"T'as une sale tête, on dirait que ça fait six mois que tu pionces."

Mais Dimitri perds son sourire petit à petit, et il n'ose plus prononcer un mot. Je fais la même chose. C'est le moment, où après avoir bien mit de côté tous les problèmes pour profiter parce que tu en a besoin, tu te souviens que t'es encore au milieu d'emmerdes.

"Tu sais, je ne suis pas énormément venu te voir pendant six mois, commence t-il. J'avais… non, je ne vais pas dire que c'est seulement à cause du travail même si c'est un peu vrai. En fait, je n'y arrivais pas… Te voir comme ça, éteint, dans la même position que je viennes en mars ou en avril, c'était trop dur pour moi. J'étais mal, j'avais de réelles douleurs en même temps que toi pendant que tu étais dans le coma. Mes parents étaient inquiets, je suis allé chez le médecin. Mais j'ai vite compris que ce n'était pas de vraies douleurs, c'était la tienne que je ressentais. Alors je me suis senti coupable, parce que je sais que tu venais chez moi, parce qu'on s'est engueulé juste avant, parce que t'es mon frère et que j'ai été séparé de toi pendant des années ! Enfin… Voilà… Je sais que ça n'excuse rien et que tu peux être en colère, c'est vrai que c'est lâche et tout, mais j'ai pensé à toi sans arrêt ça je te le promets."

Il avait les larmes aux yeux, moi aussi. Je ne lui en veux pas, je comprend entièrement et ce moment est très vite oublié. On reparle de tout et de rien, il me dit qu'il a eu son année, je suis super fier de lui. Il passe en deuxième année de médecine en septembre, c'est génial. J'ai échoué, mais au vu des circonstances, la fac me propose de revenir en première année, dès la fin du mois d'août. J'y réfléchis, je ne sais plus trop en ce moment. La mauvaise ambiance retombe :

"D'ailleurs tout à l'heure, on était tranquillement dans la salle d'attente avec mes parents pour venir te voir, et là, la femme de Dalian elle débarque, et elle se met à parler sa langue. Elle hurlait, elle menaçait aussi je pense, ma mère, enfin la nôtre. Genre... J'ai halluciné ! Elle est folle sérieux mec, fait attention, moi je l'ai vue !"

Je suis abasourdi par chacun des mots que mon frère sort de sa bouche. Pendant ces six mois donc, Eliane a continué de mentir, et d'entretenir son mensonge, jusqu'à faire monter la haine de Dimitri contre ma mère. Je suis écoeuré, et profondément attristé de l'entendre parler d'elle ainsi. J'allais lui répondre, lui dire toute la vérité, mais on est coupé par quelqu'un qui frappe à la porte. D'un coup, Dimitri se tourne. C'est une infirmière. Elle est petite, avec des cheveux blancs, des tâches de rousseurs et une bouche à peine visible tant elle a l'air intimidée.

"Oh, pardon, je pensais que vous n'aviez plus le droit aux visites après dix-huit heures. Je dois impérativement venir changer les pansements de votre jambe, vérifier les doses et vous tenir au courant de la procédure prévue pour les prochains jours.

- Vous avez raison, il allait partir, dis-je."

Dimitri se lève, surpris, et sort lentement de la chambre, comme s'il attendait que je me rétracte et que je lui dise que c'était une bonne blague. Mais ça ne l'était pas du tout, j'en avais bien assez entendu. Elle, elle parle en se donnant du courage, je le vois. Ses yeux m'évitent le plus possible. Si je ne la connaissais pas un peu je croirais qu'elle est mal élevée et nonchalante. Mais c'est Ariane. Elle est magnifique, et je n'arrive pas à lui répondre. Elle m'explique tant bien que mal que je ne pourrais sortir que dans une semaine et demie, que je devrais suivre une rééducation intense pendant plusieurs mois, que je risque d'avoir du mal à marcher, manger, et m'habiller durant les premiers jours, mais que si je suis sérieux, ça peut vite guérir. Je tente de faire des blagues ou des sourires pour calmer l'atmosphère. Je la sens tendue, différente d'avant. Elle ne sait peut-être pas que j'ai passé ces six derniers mois avec elle, et qu'elle n'était pas seule avec un "mort". J'arrive à la faire sourire de temps en temps, et j'ai l'impression qu'elle change un peu le discours qu'elle a appris par coeur avant de venir. On commence à se détendre, et je suis ravi d'apprendre qu'elle sera mon infirmière personnelle le temps de ma remise sur pieds. Elle quitte la chambre un peu plus tard, me laissant heureux, rêveur, avec de nouveaux pansements.

19
Menace

"J'ai une bonne nouvelle ! Tu sors demain ! m'annonce Ariane avec son plus beau sourire, celui qui me fait craquer.

- Super ça, j'arrive à peine à marcher plus de dix minutes !"

Elle perd son sourire. Je me suis fait remonter les bretelles. Il paraît que je suis chiant, défaitiste, pessimiste, insupportable, râleur, et j'en passe. En fait oui, j'ai peur de sortir. Les gens vont me juger, mes parents vont tout le temps s'inquiéter, et je ne verrais plus Ariane. Ici, à l'hôpital, je suis celui qui sort du coma, et celui qui fait des progrès quand il arrive à ne pas boiter pendant deux heures. Mais dehors, je serais celui qui ne sait pas marcher, l'imbécile qui boite, qui demande de l'aide pour tout et rien… Angoissant, terrifiant.

" Mais... je dis juste, que je pense, que c'est trop tôt.

- C'est ça... Dis plutôt que tu flippes, ricane t-elle.
- Ce n'est pas drôle Ariane. Je suis un vrai assisté, je vais faire fuir tout le monde.
- Mais je suis là moi ! Je ne fuis pas, au contraire..."

Alerte, mon coeur va lâcher. J'espère que mon visage ne le montre pas trop, mais je suis "piqué" comme on dit. Je suis fou d'elle, dingue d'elle, j'ai le béguin pour elle, féru d'elle, mordu, pincé et tout autres synonymes qui veut dire que j'ai des papillons dans le ventre, et que je ne veux pas quitter cet hôpital. Tout ce temps, je suis sur pause, et elle, elle avance, très bien même. Elle a eu le temps de ranger ses affaires, et de partir, que je suis toujours là, à chercher des synonymes pour lui dire que je l'aime. Mais elle est partie. Et je viens de m'en rendre compte. Je ferme les yeux, et j'attend que l'on m'apporte à manger, si on peut appeler cela de la sorte. Ma stratégie, c'est de faire le mort, pour ne pas qu'on me force à avaler ces ignobles choses qui sont confondues avec de la purée, des petits pois, et des yaourts par tout cet hôpital. La porte s'ouvre, je me concentre sur mon incroyable jeu d'acteur. Etonnant, je ne sens rien. Pas d'odeurs atroces, pas d'interne qui râle, pas de chariot avec leurs roulettes qui grincent. Je tourne la tête, elle sursaute.

"Qu'est-ce que vous faites là ? Vous vouliez me tuer ?

- Pardon ? Mais pas du tout enfin, n'importe quoi, vous êtes malade ! s'insurgea Eliane.
- Alors quoi ? Je n'ai rien à vous dire.
- Laissez moi tout dire à Dimitri.
- C'est trop tard espèce de menteuse, vous aviez six mois pour le faire, et au lieu de cela, vous avez empiré la situation. A cause de vous et votre lâcheté, ma mère souffre, moi aussi, mon père aussi, et Dimitri surtout. Mais tout va bien, puisque pour vous tout baigne !
- Non je vous assure je connais l'importance de mon mensonge, je me suis engouffrée là-dedans et je ne sais pas vraiment comment m'en sortir sans tout perdre, mais je dois quand même le faire… J'ai vu… La… Souffrance, de votre mère, et j'ai compris.
- Vous savez… Je suis dans ce lit depuis six mois, et j'ai failli mourir parce que ca matin là, je venais vous voir, vous."

Elle relève la tête, avec cet air abruti que Dimitri prend parfois. Elle a l'air de quelqu'un de bien qui n'a pas su faire face au passé. Mais je n'aurais pas de pitié. Trop de choses sont douloureuses aujourd'hui, par sa faute.

"Ne prenez pas cet air, s'il vous plaît ! J'ai entendu mon frère, mon jumeau, bafouer le nom de notre famille, notre histoire, et tout ça… À cause de vos mensonges. Il insulte la femme qui l'a mit au monde, et il défend une personne qui lui ment à lui, et à son père, depuis dix-neuf ans. Tout aurait pu bien se passer, même quand Dimitri aurait appris la vérité, mais à cause de vous, tout peut basculer vers le cauchemar. Dans tous les cas, je ne vous laisserais pas salir ma famille plus longtemps, et j'inclue dans ma famille, mon frère.

- Je comprend... Vraiment je suis désolée... Tellement désolée... Je ne voulais pas tout perdre... Je vous assure ce n'était pas méchant... Je m'en veux... J'ai conscience maintenant de mon erreur... Mes erreurs... Je vais tout dire à Dimitri, et à Andy, c'est promis ! Mais laissez moi le faire, s'il vous plaît !"

Je lui accorde trois jours pour tout leur dire, après je m'en charge. J'ai eu de la peine, mais il ne fallait pas. Mes parents entrent dans la chambre avec des cafés, des gâteaux, et leurs jolis sourires. Le regard noir de ma mère sur la femme blonde en larmes au pied de mon lit l'a faite fuir. Je leur explique notre discussion, ils sont fiers, mais n'ont pas confiance et restent inquiets. Passons, j'ai le ventre vide et je dois y remédier, tout de suite.

Je sors dans l'après-midi. Toutes sortes de médecins sont venus me rendre visite, que ce soient les psy, les kinés, les masseurs, les neuros, même Colin et deux infirmières, mais pas de belle Ariane. Peut-être était-elle vexée du fait que je n'ai pas répondu hier, triste que je m'en aille, occupée avec d'autres patients, ou insensible à mon charme de comateux. Je n'ai absolument pas envie de partir sans la voir, sans la revoir, et la (re) revoir. C'est même plus qu'une question d'envie, c'est une question de possibilité (on ne peut pas encore parler de survie).

Il est treize heures, ma mère range mes affaires dans une grande valise en sifflotant du Teresa Teng. Dans une heure on viendra me donner l'autorisation de sortie, et elle n'est toujours pas venue. Je profite d'un café gentillement proposé par ma mère pour sortir de ma chambre en douce. Avec mes béquilles, j'arpente les couloirs du premier étage, mais je ne la vois pas. C'est immense ici ! Je commence à perdre espoir, ce serait la pire histoire d'amour. Je monte au deuxième étage par l'ascenseur aux côtés d'un chirurgien à la blouse pleine de tâches de sang. Flippant. J'avance, et je pense déjà à l'adaptation théâtrale de mon histoire, un vraie tragédie à succès. Rien ! Troisième étage, cette fois-ci aux côtés d'une mamie en fauteuil, on dirait qu'elle est bourrée, inconsciente ou tout simplement vieille. C'est carrément devenu un état, comme la fatigue, la faim, la peur, elle est vieille. Cinquième étage, elle est là, tout au fond du couloir, à l'opposé. J'avance à toute allure sur mes trois pattes, en regardant droit devant moi. Comme un chien qui court à sa gamelle au fond du jardin. Au milieu du couloir, rien ne va. Je respire comme un octogénaire en plein effort à la pétanque, et ma belle s'envole derrière le mur. Dès que je réussi à atteindre le bout, elle est déjà partie. Une bonne histoire triste et tragique comme le public en raffole. Riez de mon malheur, allez-y ! Je reprend mon souffle au fond de ce couloir, seul. La porte du bureau à côté de moi s'ouvre, et ma bien aimée en sort comme du paradis. Elle s'arrête devant moi, dans la pire des situations possibles, c'est à dire en sueur, la jambe ramollie et le visage qui montre que je peine à respirer.

"Liang mais est-ce que ça va ? Qu'est-ce que tu fous dans ce couloir ? Tu va t'épuiser !
- Je sors dans une heure, ou deux mais pas plus !
- Une, je sais. Justement, tu devrais te reposer et prendre des forces pour rentrer chez toi après, ça ne sera pas simple.
- Ba oui mais tu ne viens pas !"

Je me demande comment j'ai pu sortir ces mots aussi directement. C'est clairement une preuve de faiblesse, un aveu, je suis foutu. Pour le moment elle sourit mais je ne sais pas si c'est positif parce qu'elle a quand même l'air de vouloir cacher qu'elle sourit. Alerte rouge, elle baisse la tête et fait des tout petits yeux. C'est parti, je suis prêt à l'entendre me dire qu'il y a méprise, que je me suis fait des films, qu'elle est confuse, désolée, voir même qu'elle n'est pas libre… Génial.

"Je n'arrivais pas à venir te voir. Je sais que tu vas partir et ça me fait chier, vraiment, je pèse mes mots. Même si bien sûr, je suis contente que tu ailles mieux, je ne vais pas te souhaiter d'être à l'hôpital ce serait terrible…"

Elle se met à rire très fort comme les gens gênés mais pour ne pas aggraver sa situation je ne le fais pas remarquer. Surtout, je suis tellement ravi de ce que j'entend que je pourrais transformer tous ses faits et gestes les plus absurdes en trucs mignons ou en signes du destin, voire en qualités. On échange tout un tas de choses. Des paroles, des rires, des souvenirs (d'il y a deux jours), des poignées de mains, une accolade, et un numéro de téléphone. Carton plein !

20
Révélation

Au milieu du rond-point de l'étoile, je photographie, une fois de plus. L'Arc offre ses plus belles couleurs de fin de soirée d'été, et j'en profite. Je capture ses plus beaux moments. J'adore. Chacune de mes photos de cet endroit, à tout moment de la journée, raconte une histoire différente. Mes parents en font le tour, et le compare au vieux tableau, resté à Dalian. Lorsqu'ils ont vendu la maison, ils y ont laissé beaucoup d'affaires. On est resté là des heures, et j'y suis retourné le plus possible.

Mes appels ne mènent à rien. Cela fait trois jours que je suis sorti, et Dimitri ne me répond pas. C'est le dernier délai aujourd'hui pour que sa mère lui dise la vérité. Et si elle lui avait encore menti, et qu'il ne voulait plus me parler ? Avec cette jambe droite que je traîne comme boulet, je suis incapable de prendre le vélo, ni conduire, ni rien faire. Je me sens impuissant tant que Dim ne me répondra pas. J'ai passé ces trois jours auprès de mes parents. Eux, comme moi, avions besoin d'être ensembles, plus que jamais. Qui aurait pu croire qu'en venant faire mes études de médecine en France, la vie de deux familles changerait autant ? Pas moi.

En fin de soirée, le repas est silencieux. Mes parents non plus n'ont pas oublié que c'est aujourd'hui le dernier délai. Je n'ose pas leur dire que je n'ai plus de nouvelles, ils seraient bien trop tristes de l'apprendre. Je tente de contrer le silence en abordant un voyage à Dalian qu'on pourrait faire la semaine prochaine. Après six mois de coma et une année aussi folle, j'ai besoin d'un retour à la source. Je crois que mes parents aussi, ils acceptent immédiatement. Je vois bien qu'ils s'ennuient ici. Mon père ne fait que parler d'avant, de son commerce, de notre maison, des ses amis, du quartier, et je me sens un peu coupable. Mais je ne sais pas avec quel argent on va pouvoir partir. Les sourires retombent, et le repas repart de plus belle. Les Won Ton sont presque froids, mais tant pis.

Je sors prendre l'air, et photographier mon bel ami, étincelant sous toutes les lumières de la ville des amoureux. Je n'ai pas encore appelé Ariane, mais j'y pense. La lumière est parfaite, et le mannequin qui sait jouer avec, rend mes clichés merveilleux. C'était une bonne séance, avec une élève assidue. Je m'assieds sur la pierre quelques minutes avant que la tombée de la nuit ne m'oblige à rebrousser chemin. Prendre des photos me demande encore des efforts physiques. Depuis ma sortie, je me rend compte de chaque muscle qui intervient dans le moindre de mes mouvements. Faire ses lacets, marcher, parler, manger, rire, tout est un effort. Mais je progresse vite.

"Je savais bien que tu serais là. On est pas jumeau pour rien... sort une petite voix derrière mon épaule.
-   J'adore cet endroit.
-   Tout Paris est au courant, glousse t-il. Est-ce qu'on peut aller chez toi ? me demande t-il en ayant reprit son sérieux.
-   Et bien..Oui... Oui, bien sûr."

Mes parents bondissent de leur canapé dès qu'ils nous voient côte à côte. J'imagine ce qu'ils doivent ressentir. Ma mère s'effondre, et mon père la console. Dimitri s'avance vers eux, je le laisse faire. Il les enlace, et m'invite à se joindre à eux.
La soirée a été très intense. Mon frère nous a raconté qu'Eliane lui avait avoué la vérité et ses mensonges, il y a trois jours. Son père est parti et l'a quitté. C'est triste, mais je comprends totalement. Dimitri est resté pour la consoler un peu, réfléchir, puis a fini par venir nous voir par soif de curiosité, de manque, de regrets, et l'envie de connaître ses parents biologiques. On lui a montré les lettres, ma mère lui a tout expliqué, et s'est excusée un milliard de fois pour avoir dû le laisser. A la naissance, ma mère voulait l'appeler Shuang, qui veut dire double, en pensant que sa famille française garderait ce prénom

et en espérant qu'il comprenne. Mais on continuera de l'appeler Dimitri. On a beaucoup rit en essayant d'apprendre quelques mots de chinois à Dim, et d'autres français à mes parents. Je suis le seul bilingue, et je m'en vante un peu, j'avoue. Toute la soirée, jusqu'au petit matin, est émouvante, drôle, inattendue, et tellement apaisante. Surtout apaisante en fait.

Je me couche auprès de mon jumeau, dans cette petite chambre, et j'ai l'impression d'avoir dix ans. C'est sûrement ce qu'on aurait fait tous les soirs à Dalian s'il était resté avec moi. Dimitri fouille un peu, les bureaux, les placards, les journaux… J'imagine qu'il cherche à tout savoir de moi. Il tombe sur mon album photo, posé sur la grande armoire du fond. Il l'ouvre et ses yeux s'émerveillent face aux multiples photographies sous tous les angles et toutes les couleurs du monument.

"Mais ! T'en a pris combien ? s'étonne t-il
   - Trois-cent onze sont développées, mais trois-cent trente sont dans mon appareil.
   - Elles sont magnifiques. T'es talentueux, vraiment. Elles veulent toutes dire quelques chose, et quelque chose de différent. Je le vois différemment qu'en vrai. On ne s'en rend pas compte en fait quand on est parisien.

- Il y a tout un tas de choses dont on ne se rend plus compte quand on est parisien espèce de trouduc bobo parigot".

Il éclate de rire, m'insulte de chintok bridé, et reprend son sérieux en me désignant cette fois comme "le plus talentueux photographe de Paris". Je ris, mais je suis touché. Il vient de me donner une idée.

21
Clichés

La salle est pleine. Je suis stressé comme au premier jour de ma rentré, mon premier vol en avion, mon premier spectacle devant mon oncle et ma tante, et un peu plus que la première fois où j'ai regardé *Bambi* tout seul. Je trépigne d'impatience de voir le regard des gens sur mes oeuvres, plus que sur le buffet. Je fouille des yeux toute la salle, elle n'est pas encore arrivée.

"Exposition de photographies modernes à Paris", j'ai deux mètres pour exposer mes oeuvres aux regards, jugements, critiques, et surtout, espérer récolter quelques euros. Je ne compte pas être photographe, je suis lucide, mais j'espère tomber sur un fanatique de l'Arc de Triomphe qui voudrait m'acheter quelques clichés. Bon, ça n'a pas l'air de courir les rues. Elle entre. Je suis soulagé, elle est venue, quel plaisir. Je la laisse me chercher du regard, et je fais exprès de faire comme si j'étais très occupé à regarder ces photos du pont des amoureux. Merde, elle va croire que c'est un signe pour elle, vite, je fuis. Tiens, des photos du Louvre, c'est plus sage.

"Salut !
- Ariane ! Salut ! T'as pu venir alors ? C'est cool ! Enfin c'est sympa, je suis… content."

"Content". C'est adapté à quelqu'un qui mange des pâtes, quelqu'un qui ne loupe pas son bus, quelqu'un qui trouve ses clefs du premier coup, mais pas quelqu'un qui expose ses photos dans une galerie à Paris, invite la femme qui le fait rêver, et la voit arriver. Elle hausse les sourcils, sourit, mais ne s'y attarde pas plus que cela.

"Oui, moi aussi. On fait un tour ?"

Je l'emmène bras dessus, bras dessous, faire le tour des oeuvres. Elle a l'air de s'y intéresser, ça me fait plaisir. Moi je trouve cela fascinant. Les lumières que le soleil peut nous offrir sont absolument époustouflantes. Il y a de très grands photographes ici. C'est subtile, sublime, parfois original, un peu différent, et j'adore. Les photographies de Notre-Dame sont incroyablement parlantes. On a tout vu, le pont des arts, le Louvre, la Tour Eiffel, la Seine, les vendeurs de marchandises sur les places, les stations de Métro, tout. On s'arrête devant mes photos, mais je ne lui dis rien. Elle plisse les yeux.

"C'est fou, regardes ! Il y a quoi... plus de deux-cent photos la dessus, et il n'y en a pas une pareille, alors que c'est le même monument. La lumière est tellement différente à chaque fois, on dirait un film, ou une mise en scène. Tu ne trouves pas ? Quoi, t'aimes pas ?"
- Ah si si c'est... juste que... enfin...
- Monsieur Zetian, venez voir s'il vous plaît, me demande le propriétaire de la galerie."

Un grand monsieur tout mince se tient à ses côtés, le nez collé à mes photos. On dirait qu'il les sent, qu'il leur parle, c'est flippant. Je m'excuse, et laisse Ariane retourner voir les premières oeuvres avec son verre de champagne à la main et sa tartine de foie gras dans l'autre.

"Oui ? je lance
- Nous avons un intéressé qui souhaiterait vous questionner à propos de vos clichés, me répondit-il de sa voix grave.
- Oui, bonjour, je m'appelle monsieur Vergondane et j'ai en effet bon nombres de questions à vous poser. Puis-je ? me demanda le grand homme en me tendant la main. Je la saisis.
- Evidemment, je suis à vous.
- Et bien, je voudrais d'abord savoir, quel est votre intérêt pour ce monument ? Je sens l'amour et la curiosité dans vos oeuvres, et je suis intrigué.

Ensuite, dites m'en plus sur votre passion pour la photographie, et enfin, le type d'appareil que vous possédez, votre méthode de travail, et tout ce que vous voudriez ajouter."

Son "enfin" comprend encore trois autres questions. Surprenant bonhomme, qui me pose des questions auxquelles je ne m'attendait pas, mais il faut que j'assure, c'est peut-être ma chance. Ariane se poste juste derrière nous, je crois qu'elle écoute.

"Et bien, c'est un monument que j'ai toujours porté dans mon coeur depuis que je suis enfant. J'avais chez moi, à Dalian, un tableau le représentant, et je ne savais rien de toute son importance, mais je l'admirait beaucoup. Les couleurs, la grandiosité, tout ce que nous tous savons de ce monument, m'a de suite frappé. J'ai décidé de faire mes études à Paris pour en savoir un peu plus à son sujet, et c'est sûrement cette curiosité là, et cette affection là, que vous arrivez à ressentir dans mes photos. Je suis venu lui rendre visite à chaque fois, et à chaque moment que j'avais de disponible, afin d'obtenir le meilleur de lui-même, sous tous les angles, toutes les coutures, toutes les couleurs. J'ai toujours adoré la photographie de paysage, j'en faisais déjà beaucoup en Chine, mais à Paris et devant l'Arc, j'ai beaucoup développé cette passion que je pratiquais sans vraiment m'en rendre compte. Autrement, je possède un Nikon

D70, un des meilleurs en cette année 2004 sur le marché, me semble t-il. Je n'ai pas vraiment de méthode de travail. Je suis fasciné par ce que mon oeil arrive à percevoir de la nature, du monument, et je le capture le plus possible, pour le revivre.

- Très bien. Je vais vous prendre celles-ci, celles-là, et celles du fond. Je ne vous en laisse que dix, pour ne pas vous dépouiller. Vous m'avez convaincu, très joli travail, vous êtes un passionné, ça se voit tout de suite. Merci."

L'homme embarque avec lui les trois quart de mes photos, et se dirige vers le fond de la galerie avec le propriétaire pour régler. Je suis sur le cul, stupéfait, je n'en reviens pas. Ariane s'approche, me sourit, et m'applaudit. J'ai le droit à une coupe de champagne, on trinque. J'ai du mal à bien réaliser ce qu'il vient de se passer, ce que je viens de dire et de faire, mais je ne dit plus un mot, pour ne pas faire annuler la vente si je dis une connerie. J'ai presque envie de lui dire que je photographie pour le plaisir, que je n'y connais pas grand chose, et qu'il va se faire arnaquer, mais heureusement, bouche cousue.

On quitte la galerie vers une heure du matin, profitant de la douceur de la nuit. J'ai passé une très bonne soirée à ses côtés, mais elle doit rentrer, car elle travaille tôt demain. Arrivés en bas de chez elle, côte à côte, je ne sais pas trop ce que je dois faire. Je ne suis pas très doué pour ce genre de chose. Partir, lui faire la bise, l'embrasser, monter chez elle, lui dire salut de vive voix, la frapper, lui dire qu'elle est conne. Je n'en ai aucune idée. Les femmes sont trop compliquées. Il faut les déchiffrer, surtout ne pas faire d'erreurs, c'est fatal. Puis c'est toujours nous qui devons prendre les devants, c'est carrément toute une série de tests, et au moindre échec, ciao, bye bye, arrivederci, game over, fini. Elle me regarde, je la regarde, elle me sourit, je lui souris, elle s'avance, je lui souris, elle s'avance encore, je lui souris, elle m'embrasse, je lui souris, elle m'embrasse plus fort, je l'embrasse, elle me tire le bras et je la suis. On court presque, on monte en se tenant la main, en s'arrêtant, en s'embrassant, en rigolant, mais moi je n'y comprend rien. Je suis donc tombé sur la seule fille qui prend les devants, et là, je suis plus que content, je suis en plein arrêt cérébral, paralysie du système. Je me laisse faire, je suis comme un enfant de six ans. Elle prend les devants, elle est belle, elle est folle, elle m'a lavé et entretenu pendant ces six mois où je dormais, elle m'a parlé de sa grand-mère, je me suis réveillé pour elle, elle m'embrasse, et moi je l'aime. C'est Ariane.

22
Jumeaux

"Je mets tout mon corps sur ma valise, ça devrait fermer ! Rrr..Rrr.. Allez, roh… foutue valise !"

Dimitri jette toute ses affaires par terre. Bon… Il n'est pas très patient, on dirait mon père. Maintenant c'est pire, il va devoir tout ramasser, super.

"Ne la ferme pas tout de suite de toute façon, t'as encore pleins de choses à mettre, d'autres à enlever, on n'est pas à la minute ! je lui suggère
   - Gneu gneu, j'ai envie que tout soit prêt. Maintenant. répond t-il sèchement."

Je le laisse faire. On n'est pas exactement pareil, et heureusement. Mon père entre dans la pièce et aide mon frère à ramasser ses affaires. Mes parents se dévouent pour tout dès qu'il faut faire quelques chose avec Dimitri. Ils se battent presque pour mettre les baguettes quand

Dim met les assiettes, là c'est mon père qui accourt pour ramasser son linge, mais je les comprends. On part demain matin, à l'aube, pour arriver dans la soirée. Je suis surexcité de retrouver mes amis, mon quartier, les coutumes et traditions chinoises, et tout faire découvrir à mon frère. Lui aussi il ne tient plus en place. On peut partir grâce aux photos que j'ai vendues, qui m'ont rapporté assez, en plus de l'aide de mes parents. On part tous les quatre, en famille. Mon frère réussit enfin à fermer sa valise, je le félicite, et fais le pari qu'il devra la rouvrir avant demain matin. Il rétorque avec son air malicieux :

"Ferme là, ou je demande à table, devant Tai et Jay, où est-ce que tu étais l'autre soir ! Tu sais, celui ou tu prétends avoir été voir l'Arc de Triomphe, mais que tu n'es pas rentré.

- J'ai rien à cacher, j'étais bien là-bas mais je suis tombé sur Val, on est allé en boîte et je suis rentré tard, fin de l'histoire.
- Faux. Tu vas me dire où et avec qui tu as passé la nuit, sinon je te balance, j'invente un nom et je prétends que c'est la droguée de Paris.
- Mais t'es terrible ! Tu me ferais ça ?
- Exactement, même pire. Alors dis moi.
- … J'étais à une expo photo, où étaient exposées mes photos.

- Quoi ? Mais c'est génial ! Tu le sors de là ton argent ? On t'en a acheté ?
- Oui, quelques unes.
- Incroyable, je suis super content, je te l'avais dit ! Et ?
- Et quoi ?
- Et après, t'as dormi où ?
- Euh, là-bas.
- Menteur.
- Comment tu sais ?
- On est jumeaux.
- ... Chez Ariane".

Il s'extasie, bondit sur place, devient complètement absurde, fait des galipettes... Je suis dépassé. Il hurle que c'est génial, il veut savoir les détails, il ne me lâche plus. Je n'en dirais pas plus, il ne m'aura pas au chantage. Je reste stupéfait de son don à savoir que je mens. Heureusement que mes parents ne l'ont jamais eu.

23
Vol

Le réveil sonne, il est cinq heures. Il est cinq heures, et je ne râle pas de me réveiller. Je meurs d'impatience, je suis presque prêt en dix minutes, tout comme Dim et mes parents. L'appartement sent bon la joie de vivre à peine le soleil sorti, c'est la première et sûrement la seule fois. Nos bagages attendent devant l'entrée, prêt à décoller. Dimitri s'écarte, il est au téléphone avec son père. Andy est très affecté depuis sa séparation, il est encore sous le choc de tant d'année de mensonges. D'abord il croit que sa femme est enceinte, qu'il est le père, puis qu'il a en fait deux fils, deux jumeaux mais que sa pauvre femme victime de chantage a dû en confier un à une famille chinoise, tout ça pour découvrir qu'il n'est le père biologique d'aucun de ces petits garçons. Il est dévasté par tant d'humiliation. Dimitri essaye de lui montrer qu'il reste son père, celui qui l'a élevé, celui qui lui a tout apprit, qui lui a donné la vocation d'être médecin. C'est son réconfort. Il est tout seul, et ce doit être terrible pour lui tout cela. A son retour, Dim ira vivre chez lui, il ne veut plus entendre parler de sa mère.

Nous partons, la clé ferme la porte à double tour, et c'est parti. Je suis dans un état proche du passage à l'acte d'un meurtre prémédité du plus grand malade des meurtres, celui qui en raffole. Durant le trajet à l'aéroport, on rappelle à Dim comment dire "bonjour", "merci", et "au revoir" en chinois. Il nous bombarde de questions sur Dalian, notre ancienne vie et mes parents prennent plaisir à lui répondre en chinois, et moi à traduire l'inverse de ce qu'ils disent.

"Mais c'est tranquille comme quartier ou ça craint des fois ?"

- Ils disent que c'est une des villes les plus dangereuses de Chine, mais que si tu cours vite, que tu sais te battre ou que t'es moche, t'as pas trop de problème."
- Quoi ?
- Du coup moi j'ai souvent des problèmes, mais toi ça devrait aller vu ta tête."

On s'installe dans l'avion. Deux d'un côté, deux de l'autre. Je laisse le hublot à Dimitri, qui perd un an, chaque minute. On dirait mon enfant. Je le calme, je lui dis de se taire, je lui demande s'il a faim, je lui explique le décollage, et l'atterrissage. Et j'avoue, j'en rajoute un peu. Il est terrifié au moment où l'avion commence à quitter le sol. Les gens bouquinent, dorment, parlent, chantent, rient, rêvent, mangent. Dimitri lui, regarde par la fenêtre depuis deux heures. Le ciel est dégagé, on y voit plutôt bien, c'est agréable.

Quinze heures plus tard, tout le monde applaudit le pilote. On est le vingt et un août, il est cinq heures du matin avec le décalage horaire, et on arrive à Dalian. J'ai réussi à dormir cinq heures sur les quinze. L'excitation prend le dessus sur la fatigue. On y est. Dimitri veut tout visiter, tout voir, tout savoir et je ne sais pas pourquoi mais ça m'émeut un peu. On récupère les valises, et on prend le taxi qui nous amène à la maison. On déballe les valises, et de suite, on part arpenter les rues de notre quartier pour revoir tout le monde. D'abord, on fait une pause devant la maison. Elle est inchangée, les lumières sont allumées. Dimitri la regarde tendrement, il aurait pu vivre ici toute sa vie. On continue notre chemin, en passant par la cabane de monsieur Li, le magasin de madame Rei, le salon de sa soeur, la maison de mon pote Kuang, le jardin des skateurs, le coin de regroupement des filles de mon ancien lycée, les lieux où j'ai pu passer le plus de temps quand j'étais petit. On s'arrête au magasin de mon père. Il est fermé. Des tags sont venus classer le bâtiment dans la case "abandon". Je perçois toujours la poignée de la porte, que mon père avait fabriquée, la fenêtre entrouverte car elle est cassée, les feuilles sur le parvis que ma mère passait son temps à balayer. Rien n'a vraiment changé en septs mois. Mon père emmène Dimitri par derrière, et ouvre une vieille porte rouillée. Je passais par là après l'école pour rejoindre mes parents, quand je voulais leur faire peur en les surprenant. De voir mon frère y passer, j'en ai les larmes aux yeux. Il aurait pu y passer bien avant, des dizaines de fois, avec moi, ou à ma place. L'intérieur est vide, les étalages, pleins de couleurs et de fruits auparavants, sont couverts de bâches. C'est un coup de couteau dans le coeur. Cet endroit est dans cet état à cause de mon coma, à cause de moi. Ma maison est prise par des jeunes, à cause de moi et de mon coma. Voilà, je pleure. Ma mère me console, tout au fond de ses bras, tout prêt de son coeur. Je m'excuse auprès d'elle, je m'en veux.

Ce soir, on se retrouve tous au *Lao Dong Park*. Les filles Chan, Haimeï, Li Na et Xia, et les garçons Shun, Kuang, Jian, Zhen, Dim et moi. Je me retrouvais souvent avec certains d'entre eux quand j'étais au lycée, ou avant de partir à la Sorbonne, je suis heureux de le refaire. Je vais faire la connaissance de Chan, la petite amie de Zhen, et de la meilleure amie de Xia, Haimeï. J'ai hâte qu'ils découvrent mon frère.

Lorsqu'on arrive, je reconnais Jian, Shun, Li Na et Xia qui débattent des derniers téléphones, et de leurs commerces familiaux respectifs. A côté de Xia, ce doit être Haimeï qui refait ses lacets. Je présente chaque personne à mon frère, en lui racontant brièvement leurs vies. Plus personne ne parle, sauf pour dire bonjour.

"Qu'est-ce qui vous arrive les gars, y'a un ours derrière moi ou quoi ?
- Mais Liang, c'est une copie le mec. Genre vous avez fait un double au cas ou tu te perdes ou quoi ?"

Tout le monde rigole, l'atmosphère se détend petit à petit, et tout le monde apprend à se connaître. Je fais le traducteur à chaque fois, je ne le lâche pas d'une semelle. Le reste du groupe nous rejoint. On mange des salades que la mère de Chan avait préparées, on boit, on fume. Un vrai bonheur. Zhen me parle de sa réussite scolaire, Li Na de sa chute dans les escaliers qui lui a value des mois de plâtre, Xia de sa nouvelle amie, Shun de ses projets, et nous de notre histoire, de mon coma, même d'Ariane vers la fin de soirée. En en parlant, j'ai beaucoup pensé à elle, elle me manque déjà. La soirée s'éternise un peu trop, la fatigue me rappelle à l'ordre.

On rentre d'un pas léger pour Dim, d'un pas douloureux pour moi. J'ai beaucoup marché aujourd'hui et ma jambe me le fait sentir. Dimitri s'extasie devant toutes les variétés de fleurs, la lumière que nous offre la lune sur les grands lacs, les particularités des maisons, les restaurants bondés, et moi, je photographie tout ce qui attire son regard d'enfant. Sauf quand c'est des filles, des voitures, un escargot, ou juste une feuille morte qui tombe. Certains nous regardent avec insistance. Il faut dire que ce doit être quelque chose… Un boiteux et son appareil qui prend quinze fois en photo un arbre, un autre avec exactement le même visage qui court partout pour ne pas perdre un instant et qui parle fort, en français. Il y a de quoi attirer les regards.

24
Triomphe

Les jours suivants se ressemblent. On profite, on savoure l'odeur des plats chinois, la vue imposante de Dalian et de ses grands bâtiments. On a même été faire un tour à la mer une de ces après-midi. Mon appareil n'a presque plus de place. Mais ma tête, elle, elle a encore une place infinie pour garder tous ces souvenirs en famille. Dans ma ville, dans mon pays. C'est comme un rêve, comme un accomplissement. Ma famille amputée pendant toutes ces années est enfin au complet. Dimitri arrive à prononcer quelques mots, mais ce n'est pas encore ça. Il continue de prendre des nouvelles de son père, le soutenir, esquiver les appels de sa mère, l'ignorer. Il est encore très remonté contre elle, bizarrement, pas moi.

"Tu devrais lui laisser une deuxième chance. C'est la femme qui t'a élevé, celle qui t'a aimé, qui t'a tout appris.

- Oui même le mensonge. Elle a déjà eu sa deuxième chance, elle aurait dû tout me dire plus tôt.
- J'imagine que c'est dur à dire. Je te rappelle que je ne t'ai pas parlé pendant un moment quand je l'ai sû, toi aussi. Il faut du temps pour tout le monde.
- Elle a eu six mois de temps ! C'est trop, et arrête de la défendre ça m'insupporte.
- Je ne la défend pas, elle est en tort dans toute l'histoire. Mais ma mère, enfin notre mère, elle t'a laissé, et je pourrais énormément lui en vouloir de m'avoir caché ton existence, notre histoire. Sauf que j'ai su lui pardonner parce que ce n'était pas aussi simple. Il faut se mettre à sa place, tu verras.
- Rien à voir. Tu dérailles. Tai, elle n'avait pas le choix à cause de la politique du pays. La mienne elle avait carrément le choix."

Il était encore trop remonté pour entendre raison, mais j'espérais quand même qu'il pardonne un jour à sa mère. J'essayais de me mettre à la place de quelqu'un qui a élevé un enfant comme le sien, et qui voit sa famille biologique débarquer du jour au lendemain. Elle a eu peur de le perdre, c'est évident. Mais aujourd'hui, elle l'a perdu. Et c'est dommage car le seul responsable de ses mensonges, c'est son amour pour lui, pour son fils. Dans tous les cas, je serais avec lui.

La fin du mois d'août approche, la rentrée aussi. Il va falloir que je me décide.

Je vais peut-être me lancer dans la photo, ou reprendre une première année de médecine, avoir la chance de rester avec Ariane, me faire larguer, ou découvrir qu'elle est mariée, rester en France, rentrer à Dalian, ou pas.

Mon frère reprendra ses études à la Sorbonne, en deuxième année. Il va peut-être rencontrer quelqu'un, se faire renverser par une voiture, se transformer en dragon, ou pas.

Ma mère va peut-être quitter Paris pour revenir en Chine, quitter mon père, devenir actrice X, changer de prénom, se lancer dans la vente d'organes, ou pas.

Mon père va peut-être reprendre son commerce, repartir de zéro, se marier à une italienne de vingt ans, se lancer dans l'armée, fabriquer des émaux, manger avec une fourchette et un couteau à la place des baguettes, ou pas.

Je ne sais pas ce que la vie nous réserve, même si j'imagine qu'elle n'a plus prévu grand chose pour notre famille, on a eu notre lot de surprises, de mystères, de mensonges, et de bonheur. Tout ce que je sais, c'est que je resterais le jumeau de mon frère, le fils de mes parents, le p'tit de Dalian, celui qui a fait six mois de coma, et que ma vie, elle, continuera avec toutes ces nouveautés. Je suis arrivé à Paris avec une soif d'apprendre, de découvrir et l'envie d'être médecin et je suis aujourd'hui de retour à Dalian, en vacances, avec mon jumeau caché pendant dix-neuf ans, une passion, et une jambe tordue.

Ce soir, avant notre départ, on a voulu profiter une dernière fois de l'endroit qui rassemble tout ce qu'on aime de notre ville, au *WanBao Seafood Fang.* Ce soir, il nous offre ses plus belles lumières, ses poissons les plus frais, et sa plus belle vue. Toujours face au *Lao Dong Park*, qui laisse échapper quelques feuilles, mais surtout des toits, des grues, et des kilomètres de béton vers le ciel, nous dînons, tous les quatres. C'est un retour en arrière au jour de mon départ en France. Mais cette fois-ci, même si nous sommes à la même table, du même restaurant, face au même parc, tout est différent. Le soleil complète les lumières du restaurant, le poisson complète le riz, Dimitri complète notre famille, et le Triomphe complète l'Arc.

Remerciements

En premier lieu, je voudrais remercier mes deux grands amis, qui m'ont offert pour mes dix-huit ans un voyage à Paris. J'ai pu voir, et découvrir de mes propres yeux l'Arc de Triomphe, qui m'a accompagné tout au long de ce récit, comme il a accompagné mon personnage tout au long de sa vie.

Ensuite, je me dois de remercier toutes les personnes qui m'entourent et qui influencent forcément mes récits sans le savoir. Même le plus grand des inconnu au fond de la bibliothèque, mes coéquipiers de basket, ma famille, et toutes les personnes qui ont pu attirer mon regard un jour.

Je parle d'amitié, vous qui vous reconnaissez, et j'en parle bien car j'en sais quelque chose de vraie, grâce à vous et ce que vous m'en avez appris.

Je parle de tristesse, aussi grâce à vous qui ne faites plus partie de mes proches mais qui restent dans ma mémoire, pour toujours.

Je parle également de mensonges, ce qui fait malheureusement ou heureusement partie de la vie de tout le monde. La colère, la rage, l'impuissance, le pardon, ce qui compte c'est de savoir reconnaître la part d'amour dans tout ce négatif. Il est toujours enfoui, dessous.

Je remercie en dernier lieu, évidemment ma famille, ma mère, mon père, mes soeurs et ma grand-mère qui sont mes premiers lecteurs depuis mes huit ans. Eux qui me voient évoluer, et m'encouragent dans cette voie là qui est l'écriture, et qui a toujours fait partie de ma vie et de ma personnalité. Plus particulièrement, merci à ma grand-mère, ma grande soeur, et ma maman, qui prennent le temps de corriger, me conseiller et apporter les critiques nécessaires pour évoluer.

En espérant que certains sauront s'identifier à ce jeune homme, apprécier mon style d'écriture parfois maladroit et encore tout fou. Et surtout, en espérant que ça marche. Merci.

© 2019, Delphine Petinon

Edition : Books on Demand,
12/14 rond-Point des Champs-Elysées, 75008 Paris
Impression : BoD - Books on Demand, Norderstedt, Allemagne
ISBN : 9782322044658
Dépôt légal : Juin 2019